[Mauro Fiterman]

Do meu jeito

EDITORA AGE

PORTO ALEGRE 2022

Capa e ilustração: Tatiana Sperhacke // TAT studio
Projeto gráfico e editoração: Tatiana Sperhacke // TAT studio
Supervisão editorial: Paulo Flávio Ledur

CIP-BRASIL. CATALOGAÇÃO NA PUBLICAÇÃO
SINDICATO NACIONAL DOS EDITORES DE LIVROS, RJ

F572m Fiterman, Mauro
Do meu jeito / Mauro Fiterman. – 1. ed. – Porto Alegre [RS] : AGE, 2022.
176 p. ; 14x21 cm.

ISBN 978-65-5863-154-5
ISBN E-BOOK 978-65-5863-153-8

1. Romance brasileiro. I. Título.

22-80289 CDD: 869.3
CDU: 82-93(81)

Gabriela Faray Ferreira Lopes – Bibliotecária – CRB-7/6643

LEDUR SERVIÇOS EDITORIAIS Ltda.
editoraage@editoraage.com.br
Rua Valparaíso, 285 — Bairro Jardim Botânico
90690-300 — Porto Alegre, RS, Brasil
Fone/Fax: (51) 3061-9385 — (51) 3223-9385
vendas@editoraage.com.br
www.editoraage.com.br

À Tine e à Carol, aquelas que me inspiram o que eu tenho de melhor... Elas me permitem ver mais, me permitem ouvir mais, me permitem sentir mais.

Sumário

1.

Objetivos comuns

Desde o primeiro dia em que nos conhecemos, o Albert e eu identificamos, com muita rapidez, que, possivelmente pelas nossas características pessoais, era como se já estivéssemos juntos desde sempre, por uma questão muito evidente: tínhamos objetivos semelhantes, a começar por ter como objetivo ter objetivos. Isso mesmo! Acho o máximo essa frase.

Pode até parecer meio estranho nos dias de hoje, pois as novas, ou melhor, atuais, gerações, nômades, tribais, entre outras tantas características alardeadas na mídia, não me parecem ter exatamente essas mesmas expectativas de vida, baseadas em busca de objetivos concretos. Isso mesmo, concretos! Gosto do concreto, e, ainda bem, Albert também.

Já casados, temos como objetivos encontrar caminhos profissionais exitosos, adquirir nosso primeiro imóvel, nossa moradia, e, claro, ter filhos. É um script *perfeito e acabado.*

A cada dia, quando acordamos, miramos nisso. Honestamente, não gostamos de surpresas.

O que temos, e perseguimos a todo novo momento, é uma espécie de certeza de que é possível a realização de um sonho tendo desejos comuns, a serem implementados ao longo de uma vida de casal, uma vida de amor: a nossa vida. Não posso negar que essa segurança no relacionamento me faz bem, talvez até pela falta que eu vejo ter havido disso na conturbada relação havida entre os meus pais, com o final afastamento da minha mãe. Mas, deixa para lá, isso é outra história, que já não me pertence mais. Ao menos, espero que seja assim mesmo...

A realidade é que, por alguns anos, planejamos isso tudo. E sempre acreditamos que basta planejar, que tudo acontecerá exatamente no instante e como quisermos, no melhor momento, no mais adequado. Tudo isso nos parece lógico e fácil.

Ufa, terminei!

Como me faz bem resumir, em voz alta, olhando para o espelho, minha vida, minha realidade. A sensação que tenho é que dessa forma eu exercito meu autoconhecimento. Se isso é efetivo? Não sei. Aiii! Eu só não sei, também, se, ao falar na primeira pessoa do plural, não estou sendo, por um lado, covarde, e, por outro, desleal com o meu Albert. Falar por ele, dizer o que ele sente, adotar o *nós* tão facilmente, de forma tão só... Mas, paciência, faço isso, pois me alivia. Não sei exatamente por que me sinto tão necessitada em agir assim, mas eu sei que preciso, ora bolas!

Uma coisa é certa: sei que recorro ao espelho quando estou tensa, preocupada ou insegura. E hoje me sinto assim. Não que eu seja assim, estou dizendo que estou me sentindo assim. Não é fácil ser mulher, ponto. Sempre os mesmos dilemas; de um lado, a afirmação profissional, com a busca da cidadania e da individualidade; de outro, a família; e, no meio disso tudo, culpas. Culpas essas que decorrem da permanente transição das transformações, regadas por um machismo vigilante. Minha cabeça parece que vai explodir. Que droga! Uma das nossas previsões não está se confirmando dentro do calendário rígida e previamente elaborado e aprovado: "nossa" gravidez não está vindo no tempo determinado. Mas, como assim? Se já está tudo previsto, organizado? É o ano reservado para ter um filho. Várias medidas já foram tomadas: eu já reduzi minha carga de trabalho; Albert já encontrou uma forma de se fazer mais presente em nosso lar, com adaptações na sua atividade profissional; nossas reservas financeiras já são suficientes; e nossa casa tem um ótimo espaço reservado para o quarto do *baby*.

Ué, *cara pálida*, está sendo colocada em xeque a premissa maior do nosso relacionamento, quiçá da nossa cumplicidade como casal? Ao contrário do que pensamos, será o mais previsível na vida justamente a constante presença de imprevistos? Devemos saber lidar com os imprevistos?

Neste momento, mesmo que eu não queira, e sei que não quero, lembro-me do meu falecido pai, quando dizia que "viver a realidade muitas vezes dói". E ele, daquele jeito só dele, completava dizendo que "a história e a arte nos possibilitam compreender a realidade". Por isso, passei a minha vida ao lado dele, percorrendo, das formas mais variadas possíveis, caminhos em busca de tal compreensão; isso mesmo, compreensão da realidade. Sim, talvez eu tenha sido moldada, forjada, a refletir sobre a vida de uma forma diferente da que faço hoje com o Albert, mas, sem que isso signifique pisotear a memória do meu querido pai, sei que isso já é passado. Aquele modelo romântico não deu certo, o modelo das subjetivas reflexões, de buscas de incertas compreensões. A última palavra que ele ouviu da minha mãe foi "cansei" e o último som foi da forte batida da porta, que tal o resultado? Parece que foi ontem, nunca mais vimos a minha mãe.

Eu era uma menina, segundo o meu pai, uma doce menina. Minha lembrança viva é de quando eu espiava, através do espaço existente entre a porta entrefechada e a guarnição, os movimentos sempre elétricos da minha mãe em pé, caminhando de um lado para o outro, gesticulando com as mãos, um verdadeiro bracejar, em contraste com a passividade do meu pai, sentado na velha poltrona de couro, com os ombros caídos e a cabeça e os olhos em conjunto acompanhando os movimentos, que, ao que parecia para mim, soava para ele como algo incompreensível e, muitas vezes, agressivo.

Em que pese tudo isso, devo registrar que ele nunca me disse nada que pudesse significar uma crítica a ela, mesmo quando narrava os fatos ocorridos, na maioria das vezes por conta da minha curiosidade em sabê-los e não por iniciativa dele. Ficava nítida a preocupação de não falar nada que fosse capaz de gerar em mim algum sentimento negativo em relação à minha mãe. Talvez isso seja o que mais me incomodou e me incomoda até hoje: ele nunca demonstrou raiva, quando tinha todo o direito de sentir; ao agir assim, penso que me retirou esse direito também. Mais do que isso, eu via, nos olhos dele, que havia uma parte superior da sua alma que tinha a capacidade de colher o belo, um belo escondido, em que pese a animosidade permanente, resultante em agressões de toda ordem.

Quero esquecer a palavra *cansei*; ela está fora do meu dicionário, foi riscada, pois tenho medo do seu significado: tomei a decisão de sempre resolver as coisas antes de cansar ou de ver alguém se cansar, nem que, para isso, eu tenha que parar, mudar, repensar meus movimentos.

Não nego que ele foi o meu grande companheiro, que me sentia bem naquela época, recebendo dele suas sensíveis lições, aquele modelo de ver a vida, de enfrentamento das suas agruras com armas incomuns, mediante respostas sábias, reflexões profundas e evitando o choque direto. O que questiono é se isso tudo fez bem para ele e para mim. Confesso que não tenho uma resposta clara.

Guardo também na lembrança o cheiro dos corredores das grandes salas e das madeiras daqueles museus antigos, talvez mais, até mesmo, do que daquilo que eu vi lá dentro. Curioso isso! Tenho em mente até mesmo o conforto que me dava passar a mão no tecido de lã do casaco do meu velho pai, aquele mesmo casaco que, muitas vezes, quando ele saía para o trabalho, ficava em um cabide permanentemente no caminho do meu olhar, a me fazer companhia. E parece que ainda tenho restos das dores nos meus pés, fruto do nosso intenso caminhar por bairros antigos, visualizando monumentos e prédios históricos. E se eu disser que não sinto saudades, estarei mentindo. Sinto saudades até das vezes que o vi chorar, se emocionar, e, silenciosamente, me permiti chorar também, separados, mas unidos por um sentimento comum.

Entretanto, essa não é mais a minha realidade; é apenas uma opção minha, ponto-final! Sei que a minha relação com Albert não tem espaço para essas abstrações; sei disso, conheço bem meu marido, nossas singularidades. E, quando me coloco diante dos novos questionamentos, que nos desafiam como casal, reflito se temos qualificação para seus enfrentamentos; se sabemos lidar com isso; e, por fim, é evidente que eu me pergunto: a incerteza também ocupa indesejados momentos importantes em nossas vidas, e não há como fugir disso?

Isso tudo gera um misto de frustração e ansiedade. Quando se espera sempre o previsível, quando se tem certeza acerca de algo, é muito difícil enfrentar o espaço da incerteza; por consequência, se torna muito fácil ingressar num outro espaço, que pode ser perigoso: da descrença, do medo e da insegurança.

E é o que Albert e eu estamos sentindo. Nas nossas conversas, são constantes as menções de que "queríamos muito", mas que "começávamos a achar que não era mais uma possibilidade em nossas vidas", ou seja, o pessimismo assume protagonismo no nosso dia a dia. Porém, além disso, outras sensações começam a se desenhar, desenhos que se formam independentemente das nossas vontades, como ocorre com o natural movimento das nuvens ao vento. E, como se sabe, com esse movimento vêm as sombras. Puxa, sombras, tenho medo das sombras; quando criança, tinha medo da minha própria sombra.

Muito estranho, em alguns momentos eu sinto nele um olhar de quem me culpa por isso; ele conhece bem o meu passado, nunca escondi nada. Talvez, entretanto, seja um sentimento somente meu; posso estar sendo injusta. Mas, tamanha é minha dificuldade em lidar com isso, que sequer eu consigo questioná-lo, para tirar isso a limpo. Sim, mas e ele? Também não me procura para conversar sobre um tema tão delicado. Ao que parece, falta uma comunicação verbal clara e objetiva entre nós; estamos apostando tudo, ainda que involuntariamente, numa comunicação inconsciente.

Esse silêncio eloquente me massacra, me fragiliza, pois é na segurança e na clareza das coisas, entre elas a palavra sempre objetiva e apoiadora do Albert, que eu sempre pautei meu olhar sobre o nosso casamento; o retorno dos nossos objetivos comuns sustenta minha paz. Já em relação a ele, temo pela frustração de expectativas e que isso possa significar para ele falta de gratificação afetiva. Sim, tenho medo de perder meu Albert. Tudo muito difícil para mim. Que grande confusão!

Meus exames são bons, assim como os dele. O tema já ultrapassa os limites do ambiente do casal. A família, os amigos, os médicos, atendentes, todos já estão dentro disso tudo. Curioso, algo somente nosso, mas que, muitas vezes, nos parece estar gerando constrangimentos frente a terceiros. Não gosto disso.

Sinto a falta de um diálogo com o meu Albert, mas, como disse antes, parece que não sabemos nem como fazer isso. Eu falo com Deus, sim, com Ele. Ele me ouve, me acolhe. Deixo tudo nas mãos Dele, fico apenas com a minha tristeza, um sentimento interior, só meu.

A opção é silenciar, pular essa etapa, muito embora eu saiba do preço disso e a cobrança que um dia poderá chegar. A vida continua, em paralelo a tudo isso.

Ufa, novamente! Espelho, espelho meu, existe alguém que precisa de você mais do que eu? Muito obrigada. Não sei o que eu faria sem você. Acredito que me tornei uma espelho-dependente, se é que isso existe. Opa! Desta vez, falei somente por mim; evitei o "nós". Curioso, me sinto melhor, mais independente, até forte, mas, ao mesmo tempo, me sinto só. É uma solidão insustentável, que não consigo suportar. Espera aí!

Como casal, estamos bem, felizes, construindo nosso futuro comum, ainda cheios de expectativas, em busca de realizações outras. Não raras vezes, é assim. Salvo situações muito graves, de saúde ou mesmo de morte, encontramos caminhos alternativos de oxigenação do nosso viver. Segue a vida.

Agora me sinto melhor, menos culpada. Não posso alijar o meu Albert daquilo que nos pertence. Pai do Céu, quantas dificuldades de compreensão eu tenho! O que me conforta, por vezes me faz mal; é como se sempre ficasse um gosto ruim na minha boca, algo residual. Meu Deus, estou toda suada! Parece que levei uma surra; meu corpo dói, sinto a minha alma machucada, ferida. Temo pelos efeitos disso; não sei até quando a ferida da alma não resulta em outras alterações, até mesmo físicas. Agora, sei que não posso parar; como já referi, "segue a vida". Força, Eva!

Meu pai sempre me disse: "Eva, tens a força daquela que foi a mais amada". Sim, a vida inteira ouvi isso dele, desde criança; era uma espécie de mantra. E interiorizei isso em mim, acreditei nisso, mesmo sem entender, lá atrás, bem, o porquê. Depois, a frase ficou mais clara para mim, mas isso é assunto para outra hora. Ah, o meu pai, suas frases e seus pensamentos... O que importa é que uso como uma espécie de trampolim, que me possibilita superar os sistemáticos obstáculos que a vida me apresenta. Sou Eva, aquela que tem a força daquela que foi a mais amada.

E é essa força que me faz, de tempo em tempo, percorrer solitária um mesmo caminho. Um caminho que nos últimos meses, quase um ano, tem me levado da expectativa à frustração em poucos passos e minutos: quero um filho. Nem digo mais nada ao Albert; apenas faço os exames. E ele sequer me pergunta mais. O meu forte Albert, um homem decidido, senhor de si, confiante, inabalável, sempre com um olhar de "minha parte está resolvida", de um lado; e eu, simplesmente eu, do outro. Isso mesmo, um ônus que parece ser somente meu.

Não é fácil conviver com isso. O consenso tácito de silêncio entre nós é uma falsa trégua, pois sigo com a minha auto-hostilidade; não é trégua para mim, é embate. E um embate diário e permanente. Bato a porta de casa e aperto o botão para chamar o elevador levando comigo a tensão disso tudo. Quando não é a porta do elevador que se abre e eu me deparo com a sorridente vizinha Sheila segurando a alça do carrinho de bebê, é na calçada que eu a encontro com as outras mães, sempre me obrigando a abrir um sorriso que reflete um carinho que não consigo ter. É muito dolorido não conseguir ter esse carinho.

Mas, assumo isso para mim e, como já referi, "segue a vida", pois já estamos num processo de distensionamento, talvez até mesmo decorrente de uma certa fadiga, no que diz com o momento que estamos vivendo. Individualmente, percorro os mesmos caminhos, os meus caminhos, sem cobranças ao Albert, acreditando no nosso modelo de relação; foi uma escolha minha. Porém, me cobro, sim, me cobro de forma permanente.

Na volta do trabalho, passo na farmácia que é vizinha ao prédio onde moro, aquela mesma que frequento faz tantos anos, onde compro meus medicamentos e pro dutos de higiene e beleza, e compro também os testes de gravidez. A atendente, nos primeiros meses, me olhava com um sorriso que expressava alegria; hoje, é um meio--sorriso que expressa constrangimento. É como se ela fosse a grande companheira da minha dura trajetória. A sensação é de que, se ela pudesse, me abraçaria, me diria algumas palavras.

Ao chegar em casa, já sem grandes expectativas, faço novo teste. E, quando menos poderia imaginar, me deparo, agora, com uma surpreendente notícia: estou grávida! Digo, "estamos grávidos!". Não é agora que vou individualizar essa questão tão nossa, depois de tanto uso da tal primeira pessoa do plural. Gente, como estou atrapalhada! Resumindo: o exame de gravidez deu positivo.

Agora é comunicar ao Albert. Meu Deus, quanta tensão! Como dizer isso para ele? Tem de ser um momento muito especial. Mas, ora, há como não ser? Bom, vamos lá!

É final da tarde. Vejo que ele está sentado na sala de estar, lá naquele confortável sofá que tanto adoramos, assistindo a um filme. Eu me aproximo, silenciosamente, e sento ao lado dele. Ele me olha como quem pressente que eu tenho algo a dizer. O Albert me conhece muito bem; não há movimento meu que ele não consiga decifrar. Arrumo o meu cabelo, apenas retirando as melenas que caem sobre parte do meu rosto, envolvendo-as em torno da minha orelha esquerda, que serve de suporte para a abertura da cortina, pois o nosso *show* vai começar: é o início de uma nova etapa da nossa vida.

Quando pego a mão dele, imediatamente ele aperta o botão do *pause* do controle remoto e me olha nos olhos. Por certo, a mão gelada e suada explica muito para ele. Não chega a questionar nada com palavras, nem é preciso, tudo é dito pelo olhar. Cabe-me responder.

— Amor, tenho algo muito especial para te dizer.

Com um novo olhar, parece dizer: — Diga.

Começo a chorar e, ao mesmo tempo, a sorrir. Não consigo falar. Vejo que ele se preocupa e, administrando minha emoção, engulo a saliva que se acumulara dentro da minha boca. Não posso fazer com que ele sofra; abraço-o e digo em seu ouvido:

— Conseguimos! Conseguimos! O teste deu positivo!

Ele me retribui o abraço com a força do amor que temos um pelo outro, como retrato de uma união que agora sinto como perfeita. Não seria justo se não fosse assim. Por alguns minutos, nos transformamos em crianças, literalmente; brincamos, nos divertimos, tudo muito lúdico e infantil: adultos agindo como crianças, como que brincando de roda.

Claro, mantendo o nosso perfil pessoal, agora é seguir em busca dos objetivos; afinal, mais uma etapa foi vencida. Não foi fácil, mas foi vencida. E se foi vencida, resgatamos, então, a nossa premissa maior, da certeza, da previsibilidade, etc. Ufa!

Pode parecer estranho, mas é assim que enxergamos as coisas, por etapas, sempre com finalidades que precisam ser atingidas. Acredito que houve uma gamificação da nossa vida.

— Amor, estás pensando o mesmo que eu? — Digo para Albert.

A resposta dele é imediata:

— Sim! O quarto!

Um novo abraço, muito entusiasmo, é isso que sentimos agora. Vamos pensar na decoração do quarto do *baby*. Hora de escolher um arquiteto, pensar em cores, temática, etc.

— Albert, mas como fazemos isso se não sabemos se é menina ou menino?

— Vamos perguntar para o arquiteto; isso não deve ser algo novo para ele, não é?

Verdade pura, o que é algo novo para nós é corriqueiro para esses profissionais especializados. A maioria dos futuros papais devem procurar os arquitetos com a mesma dúvida. Como é bom ter ao meu lado a simplificação das coisas que o Albert proporciona.

— Quem sabe eu ligo para a Carla. Adorei o quarto do filhinho dela, o Bento.

— Boa ideia! Liga sim. — Responde Albert.

Saio correndo em direção ao móvel onde deixei meu telefone e, de forma atabalhoada, começo a procurar o telefone da amiga Carla na agenda. Em meio a isso, me questiono: calma, calma e calma!

Albert me observa à distância e, quando me vê travada, pergunta:

— O que houve? Não vais ligar para a Carla?

É tudo muito novo. Fico pensando se já é hora de avisar terceiras pessoas; afinal, sequer tenho três meses de gravidez. Penso, ainda, se for a tal hora, o que devo dizer?

Albert, sem entender nada, insiste:

— E aí, não vais ligar para ela?

Explico para ele a minha insegurança, meus medos. Naquele instante, nossa excitação pelo momento vivido parece reduzir-se. Sinto isso com uma espécie de aperto no peito, bem como vejo com clareza o mesmo nos olhos dele. Abraçamo-nos mais uma vez, mas agora sem sorrisos, com receios e, até mesmo, alguma tristeza. Sim, são os altos e baixos de situações tão complexas como a que estamos vivendo, somados, com certeza, ao estado dos meus hormônios e de tensão emocional.

Mas, nesse tipo de situação, sem dúvida, Albert é muito mais habilidoso que eu. Em meio ao abraço, com sua boca colada em meu ouvido, com quatro ou cinco palavras, me faz compreender que eu não posso fazer de um momento tão especialmente feliz algo triste. Eu entendo com rapidez;

confio muito nele, ele me dá muita segurança; é aquilo que, mesmo que de forma piegas, algumas mulheres chamam de "meu pilar de sustentação".

— Sim, vamos ligar para a Carla! — Digo ao Albert.

— Ótimo! Ficarei ao teu lado. — Responde Albert, pegando com força na minha mão.

Ligo para a Carla e recebo a indicação e o contato de uma arquiteta. Tudo corre com muita tranquilidade. A arquiteta é pessoa experiente e, ao que parece, muito competente. Sequer preciso externar minhas agonias, dúvidas, pois ela adianta respostas para tudo que eu poderia ter que perguntar. Uma primeira conversa excelente e promissora. Agora é agendar uma reunião, para falarmos sobre os detalhes do projeto de quarto do bebê.

— Opa! Amor, acabo de me dar conta de uma coisa.

— O que, Eva?

— Começamos pelo arquiteto, e não pelo médico?

Um silêncio paira no ar. Não é preciso uma resposta para nos darmos conta de que a ansiedade e a excitação, ainda que por alguns minutos, nos tirou da nossa formatação de vida baseada em sequências lógicas, retas e diretas. Isso não nos cai bem. Para nós é um problema. Vou até a nossa suíte, ingresso no banheiro e limpo o espelho com a úmida toalha que lá estava jogada no balcão da pia. Agora só me resta falar.

Sim, não vou negar! É uma luta sim, uma luta contra tudo aquilo que eu passei. Ora, mas eu não venci? Não quero sofrer como meu pai sofreu, não quero ser igual a ele. Não quero ao meu lado alguém igual a ele. O que sei da minha mãe? Talvez não seja muito, porém é evidente que ela, ao optar pelo pragmatismo, sofreu menos. Esse é o caminho, não tenho, ao menos hoje, a menor dúvida disso. Não posso viver de lembranças; viver de lembranças sinaliza sofrimento. Repito: não quero sofrer mais. Essa permanente busca de minúcias da realidade dói demais. Ao mesmo tempo, não quero me sentir injusta com o meu pai. Quando penso nele, sinto o calor da mão dele segurando a minha e o gostoso peso do braço dele sobre os meus ombros; isso tudo me acalenta até hoje. Mas, paciência, já decidi, não é o que eu quero para mim.

Lavo o rosto, deixando a água gelada cair em meio às lágrimas que lá escorriam, recolocando meus pensamentos em ordem. Com a toalha, retiro o excesso de água que ficou sobre a minha face, simbolicamente apagando parte dos sentimentos que eu desejo expurgar da minha vida. Imediatamente, retorno e, de forma direta, pergunto:

— Ligo para o médico?

Albert responde:

— Sim, claro.

Replico, questionando:

— Tudo resolvido então?

— Sim, sim, tudo resolvido.

Ao que parece, nos perdoamos. Claro, mais uma vez, sem o enfrentamento do problema. Constatamos o problema, entretanto não aprofundamos a análise; deixamos de lado o exame do porquê da nossa atitude. O perdão, dessa forma, talvez seja apenas *pro forma*; não sei decifrar a real grandeza que esse tipo de gesto pode oferecer: um perdão recíproco. Talvez nem seja verdadeiramente um perdão, pois existem dois beneficiados simultaneamente.

Penso em falar algo mais, mas não consigo. O melhor é pegar logo o telefone e ligar para o médico.

2.

A sequência natural das coisas

Finalmente, chega a hora de marcar a consulta tão esperada por nós. Ligo para a clínica do Dr. Senerevich e imediatamente é ajustado um horário para meu atendimento. Os médicos dessa especialidade já estão acostumados com as angústias naturais, corriqueiras, das ditas mães de *primeira viagem*, tipo *euzinha*.

Albert consegue sair do trabalho no meio do expediente da tarde e, como de praxe, pontualmente, vem me buscar em casa. Entro no carro, e assim sou recebida:

— E aí, mamãe, pronta?

É a primeira vez que sou chamada de mamãe. Isso soa estranho, ainda mais vindo do Albert. Ele me olha, a partir de agora, como mãe. Mas, ainda me olha como mulher?

Essas coisas começam a passar na minha cabeça. E o que estará passando na cabeça dele? Já li muito sobre isso.

E respondo:

— Sim, pronta, um pouco nervosa apenas.

— Fica tranquila. Agora é só a alegria de mais uma conquista. Lembra nossos objetivos de vida...

Ouço Albert e me conforto com o que estou ouvindo; nosso discurso sempre foi esse, a vida para nós é assim, não há motivo para pensar diferente num momento como o que estamos vivenciando. Ele segue guiando o carro, com a mão esquerda no volante e a direita sobre a minha perna esquerda, acariciando-a. A sensação com que eu fico é de que tudo que passamos juntos para ele se dá de forma mais natural que para mim; o sentimento nítido é de que eu luto contra a minha formação, o meu passado, meu percurso de vida. Fico pensando se o Albert sabe disso, muito embora eu sempre tenha sido clara com ele em relação ao meu passado, mas não tenho a exata resposta, muito embora desconfie que não. Quem é a Eva que Albert conhece? Essa Eva sou eu?

No percurso até o consultório médico, somos ciceroneados por um caminho de plátanos, a maioria deles com mais de 30 metros de altura, uma árvore ao lado da outra. Em meio à queda das suas folhas recortadas, a densa copa delas nos oferece um alternado sombrear, que surge de segundos em segundos, colocando-me como se estivesse assistindo a um filme antigo, um filme com cortes grosseiros, mas, ao mesmo tempo, com um cenário próprio para uma imersão nos pensamentos mais profundos. Sem dúvida, esse é um olhar individual, somente meu, é nítido que nossos silêncios não se comunicam.

É como se esse tempo estivesse passando, com duas pessoas distantes uma da outra. A música que toca no rádio é uma desculpa para nada ser dito, conversado, uma espécie de solução pronta para o não enfrentamento das nossas diferenças, diferenças que, desde que eu conheci Albert e optei por abandonar o passado que tanto me machucou, luto para que não existam, pois a soma delas nos retira a segurança e a previsibilidade que nos sustenta como casal.

Quando percebo, já estamos chegando na clínica médica. Lá entrando, após um exame clínico rápido, o médico me solicita uma série de exames de sangue, um número realmente expressivo. E, importante, aquilo que nós mais esperávamos acontece: a solicitação de que façamos o agendamento da primeira ultrassonografia.

Não perco tempo. Saímos de lá e, ainda no carro, por telefone, agendo os exames no laboratório e a ultrassonografia para o dia de amanhã. Albert me deixa em casa, aproveitando a dispensa que recebi do meu chefe, e volta para o seu trabalho. Entro no apartamento, deixo a minha bolsa no cabideiro, que fica na parede lateral esquerda do corredor de entrada, junto com o gabardine do Albert, que habita aquele espaço de forma permanente. Piso no meu amado tapete-passadeira belga com estampas em formas geométricas de quadrados, que me conduz à sala de estar, através de passos que não respeitam a lógica compulsiva de evitar pisar nas riscas divisórias, como ocorria na minha saudosa infância.

Muito embora seja uma conduta já tão corriqueira na minha vida, desta vez tudo parece ser muito diferente. A cada passo dado, dou importância a fatos e pensamentos diversos daqueles que normalmente tenho, ou melhor, percorro aquele caminho munida de pensamentos, fugindo da natural automaticidade do movimento. Reflito: logo ingressaremos com nosso filho por aquela mesma porta; trilharemos aquele mesmo caminho; adiante, nosso filho estará engatinhando, correndo e brincando naquele espaço. Passo pela sala de estar e, olhando para o sofá e para a televisão, detalho meu olhar sobre um local que, seguramente, será mais dele do que nosso; é ali que ele deve reinar. Sinto, inclusive, que já me imagino bem menos preocupada com as manchas no tecido do sofá, com os cuidados pelos controles da televisão e, até mesmo, com o tapete persa.

Chegando no meu quarto, talvez por estar sozinha, tomo coragem, ou perco a vergonha, e me dispo, abro a porta do armário e paro em frente ao espelho, mas desta vez sem nada falar. Apenas fico me observando, como que procurando onde está a diferença entre o antes e o depois. Não há como não pensar assim. Emociono-me, lágrimas correm sobre o meu rosto. É um sentimento que eu não sei bem definir. Deito e adormeço.

Quando acordo, vejo que já chegou o final da tarde. Tomo um banho e me preparo para receber Albert. Dirijo-me à cozinha para preparar uma surpresa: uma janta especial, o prato de que ele mais gosta. Sei da importância da dedicação na relação a dois. Vivi o fracasso da relação dos meus pais, em parte, pela falta disso. Sei, também, é claro, que isso precisa ser algo recíproco; por isso, faço a minha parte, e faço com prazer, por amor, aguardando que em algum momento venha o retorno disso. Minha mãe somente recebeu, e nada deu. O resultado não foi bom. Passando pela copa, em direção à cozinha, cruzo pelo espelho que está enquadrado pela parede, e não resisto:

Não sou cega, vejo o que estou fazendo. Devo assumir exatamente o papel que o meu pai exerceu? Sim, o mesmo papel: pura dedicação. E aguardar que venha a reciprocidade, que na vida dos meus pais nunca veio? Puxa vida, mas eu aprendi assim! Foi com ele que aprendi essas coisas. A ausência e a frieza da minha mãe nada me trouxeram de referências. Por outro lado, será que ela não tinha as suas razões? E será que dou razões ao Albert para que ele também não responda à altura à dedicação que eu tenho? Ou mais, será que ele dá essa resposta, e eu não tenho a capacidade de entender? Meu Deus! Quantas perguntas?

Redireciono o olhar para frente e sigo caminhando, deixando o espelho para trás e minhas angústias para depois, e ingresso na cozinha.

Quando Albert chega, ao dar o primeiro passo para dentro do apartamento, abre um sorriso ao sentir o aroma que vem da cozinha. Incrível como me realizo vendo-o feliz; derreto por dentro, tenho vontade de chorar; sinto que fui forjada para ser uma pessoa sensível. A realidade é que eu tenho a sensação de que aprendi a amá-lo do jeito que ele é. Agora, sem dúvida, se eu fosse uma pessoa sozinha talvez não precisasse tanto dos espelhos.

A comida fica pronta, e nos sentamos à mesa de jantar. Uma janta que retrata bem a nossa relação, leve, a jogar conversa fora, destacar nossas conquistas e prospectar os próximos passos, o nosso futuro. Eva e Albert são assim, ponto-final.

Terminada a janta, para mim, hora de dormir; para o Albert, hora de adentrar no espaço mágico da Internet e das redes sociais, seu mundo particular, ou seja, cada um para seu lado. Albert para o gabinete e eu para o quarto. Deito-me na cama, cubro-me com dois cobertores felpudos, que me envolvem por inteira e me aquecem. Fecho os olhos procurando o sono, mas, antes dele, encontro meus pensamentos, minha imaginação. Coloco a mão direita na minha barriga e sinto como se estivesse dando a mão para meu bebê, como se dissesse para ele: fica bem, dorme bem, eu estou ao teu lado, como sempre quero estar durante toda a tua vida, sempre que precisares. Esse pensamento me acalenta, até que adormeço, ainda que lutando contra a excitação decorrente dos fatos do dia e da soneca da tarde, que se deu meio que fora de hora. Mas, quando adormeço, durmo bem.

Acordo com o sempre antipático barulho do despertador, mas sem nenhum resquício de contrariedade. Em poucas horas, após ir ao laboratório para fazer os exames, irei com Albert ao consultório do médico ultrassonografista conhecer nosso filho. Trato de me arrumar no "estilo Eva", vou ao laboratório e efetuo os exames de sangue, sendo que os resultados sairão em alguns dias. Saindo do laboratório, me ponho em pé na calçada e fico aguardando o Albert, que me busca. Seguimos para o consultório do médico. Durante o percurso, mais uma vez, após poucas perguntas e respostas, o silêncio reina. Desta vez, acredito que cada um com as suas reflexões interiores, pois nem o rádio foi ligado.

Chegando no consultório médico, sou atendida por uma dócil e educada secretária, que, após o cansativo preenchimento de um vasto e completo cadastro, me conduz à sala de espera. Lá me vejo ao lado de várias mulheres grávidas, com barrigas que não deixam dúvida sobre isso; todas elas, seguramente, já passaram pelo momento que estou passando. O curioso é que vejo isso nos olhos delas quando cruzam com os meus.

As poltronas são largas. Quando me sento numa delas, ainda me vejo com fartas sobras de espaços laterais, ao contrário das outras mulheres que lá estão, que, com o tempo, foram, gradativamente, ocupando-os na integralidade. A gravidez, em todos os seus aspectos, sugere mudanças, transformações, além do trilhar de um natural caminho. Aqui, neste momento, enxergo um pouco disso. Na vida, talvez não seja tão diferente, de uma forma global, mas, por certo, na gravidez, as coisas se tornam mais datadas e sequenciais; acredito que somos conduzidas para isso.

Olho para o Albert, que preferiu se manter em pé, e vejo que mesmo ele, com o seu característico praticismo, estampa um olhar focado num ponto fixo, pensativo, à espera de algo que é novo. E o novo sempre gera preocupação, expectativas e dúvidas.

De repente, ouço uma voz:

— Eva!

Chegou a minha vez. Levanto-me.

— A senhora pode me acompanhar?

— Ele pode ir junto? — Pergunto.

Ela, com um sorriso fácil, responde:

— É claro!

Albert pega a minha mão, naquele momento suada, e caminhamos juntos, seguindo a assistente do médico. Adentramos a sala de exames e somos recebidos pelo doutor. É uma sala pequena, bem diferente do que eu imaginava, a ponto de somente com o fechamento da porta Albert ganhar um espaço adequado para ficar. Com muita naturalidade e informalidade, o médico inicia uma conversa conosco e pede que eu me deite para dar início ao exame. Retiro a minha blusa e ele passa uma espécie de gel na minha barriga. Com um instrumento, que ele diz ser um transdutor, inicia o exame. Tudo é muito estranho, novo, deixando-me nervosa.

Após alguns segundos e com o manuseio de vários instrumentos, o médico diz:

— Preparados?

Sem entender muito bem, os dois acenamos dizendo que sim. Após mais alguns segundos, começamos a ouvir em alto volume a batida de coração do nosso bebê. É difícil descrever a emoção desse momento; não consigo segurar as lágrimas, enquanto Albert apenas sorri, um sorriso que me passa a ideia de uma alegria definitiva.

O médico passa a nos descrever detalhadamente tudo que vai constatando ao longo do exame, fazendo medições, digitando dados no seu computador, atestando, pouco a pouco, as boas condições que o bebê apresenta. Ufa! De repente, ele nos surpreende, quando, em meio às explicações, refere:

— Opa! Olhem aqui!

— O quê, doutor? — Albert e eu indagamos ao mesmo tempo.

— É um menino!

Nem imaginamos que seria possível, tão cedo, antes dos três meses de gestação, saber o sexo do nosso bebê. Ficamos atônitos, sem palavras. Como queremos ter dois filhos, um casal, não estávamos tão envolvidos com a questão do sexo do nosso filhote, mas, claro, sempre são emocionantes essas descobertas.

Deixamos o consultório médico com a sensação de uma felicidade indescritível. Falamos um com o outro como crianças no recreio escolar, num momento de total distensionamento, no qual as bobagens são obrigatórias, algo, inclusive, pouco comum para nós. Terá um filho a capacidade de transformar a relação dos pais? Questiono-me, mas não tenho respostas para isso. Será que precisamos disso? Ao mesmo tempo, estarei eu criando um ônus para o nosso filho? É justo isso?

Chegamos em casa, e em alguns minutos já estou em contato com nossa arquiteta, pois temos uma informação importantíssima: o sexo do bebê. Quando termino a ligação, dirijo-me ao gabinete para contar ao Albert como foi a conversa com a arquiteta; logo na entrada ele me questiona:

— Amor, temos que decidir o nome.

— Calma, sem pressa, ainda temos vários meses. — Respondo.

— Não. É que estou abrindo uma conta de Instagram para ele.

Ao ouvir isso, fico meio que sem saber o que responder. Acho um pouco precipitado, mas não quero restringir o Albert neste momento. Então, sugiro:

— Quem sabe colocamos os nossos nomes por enquanto?

— Boa ideia! Mas somente por agora. — Responde Albert.

Ufa!,penso eu. Isso é um problema com que eu já sei que terei que lidar: essa relação tão próxima que o Albert tem com as redes sociais. Não quero nosso filho tão exposto, mas Albert certamente pensará de forma diferente, pois frequentemente já nos expõe como casal, mesmo ciente de que não simpatizo muito com isso.

Não passa meia hora, já no quarto, começo a receber mensagens de WhatsApp de inúmeras pessoas, algumas amigas e outras nem tão próximas, todas me cumprimentando pela gravidez. Sim, o mundo já tomou ciência de algo que, até ali, aos meus olhos, só interessava a mim e ao meu Albert. Sofro com isso. Respondo as mensagens apenas por educação e evito atender aos telefonemas. Não é isso que eu quero agora para mim. Entretanto, sei que não é o melhor momento para discutir sobre isso. Hora de abrir a porta do roupeiro e olhar para o espelho.

Tudo isso me perturba muito, mas não posso negar: o que mais me incomoda é, por vezes, ter um alerta, ou, como dizem atualmente os mais jovens, um "gatilho", que me faz encontrar uma identificação entre mim e o meu pai. Quantas histórias com ele, vendo-o sofrer, mas, mesmo sofrendo, ele sempre me alertando acerca da sensibilidade do homem, da vida em sociedade, para entender a realidade. Se eu parar para pensar, lembrar, será muito difícil não buscar uma referência que ele me deixou, mediante símbolos, representações, mensagens. Mas, já disse, não quero isso para mim. Isso tudo sempre me doeu muito. Agora, como não me lembrar dele mostrando-me a tela Os Saltimbancos *ou* A Família de Saltimbancos, *de Picasso, e me dizendo: "Esta tela, minha filha, mostra que o mundo exterior não reflete o interior". Ora, ele estava certo.*

Neste momento, vejo que meu instrumento de recuperação e blindagem acerca do meu passado talvez não tenha sido tão eficaz. Deito na cama, abraço meu travesseiro, nos mesmos moldes como fazia quando criança, coloco a coberta sobre a minha cabeça, para encobrir o meu rosto, fecho os olhos e me permito chorar. Sinto vergonha, não quero ser vista, não me vejo em condições de explicar o que eu estou sentindo. Mas, mais do que isso, permito-me lembrar aqueles momentos com o meu pai e ter carinho, reconhecimento, satisfação. Muito embora eu lute contra isso tudo, não adianta, faz parte de mim.

Nessas horas, minha vontade é pegar o carro e ir para a praia, olhar o mar; é lá que eu encontro paz para esses necessários momentos de reflexão, momentos somente meus. Para mim, o menor é o melhor dos mundos. Meu sonho é um dia morar lá; sei que terei que convencer o Albert e que não será fácil, pois, quando sinto a brisa do oceano, o som das ondas e o reflexo do sol na água, entro em êxtase, enquanto para ele isso sinaliza o tédio. Já falei isso várias vezes para a Helena, minha amiga de uma vida, aquela com quem eu sei que posso contar, nem que seja simplesmente para ser ouvida, muito embora seja dela que recebo alguns alertas que me fazem refletir, a todo momento, acerca do caro preço que minha relação conjugal me cobra.

Mas, estou cansada. Novamente, parece que tudo me cansa mais rápido. Já havia ouvido isso de várias amigas grávidas, e agora estou vivendo literalmente no corpo e também na minha mente. Minha vontade é tomar um banho, comer qualquer coisa e dormir. Começo pelo banho, um banho quente, demorado, relaxante. Não tenho pressa, pois me sinto como que sendo massageada pela água que o chuveiro derrama sobre mim. Lá eu fico mais tempo do que o normal. Sinto-me diferente, essa é a realidade. Parece que estou aqui por necessidade. Saio do box e começo a me secar. Já não me sinto tão cansada; a sensação que tenho é de que a queda da água sobre mim, ao mesmo tempo, me relaxou e restaurou minha vitalidade; estou renovada. Começo a sentir uma excitação incrível. Sinto vontade de me tocar. Enquanto me seco com uma peluda toalha, me excedo nos movimentos, que se tornam verdadeiras carícias. Abro o pote do creme hidratante corporal, retiro de lá, com a ponta dos meus dedos, um pouco do creme e começo a aplicá-lo no corpo, iniciando pelos pés. Em movimentos suaves, por vezes circulares, em vai e vem, sem grande fricção, vou subindo pelas pernas, coxas, barriga, até que chego nos seios, quando começo a suar, e estimulo os mamilos. Saio do banheiro e, quando entro no quarto, enxergo Albert deitado na cama, lendo algo no celular. Sem falar nada, vou me aproximando dele e insinuo a intenção de fazer amor.

Num primeiro momento, vejo nele um olhar de surpresa, mas, quase que de imediato, ele começa a se envolver e entender que naquele instante eu desejo simplesmente prazer. Em meio a toques, beijos e afagos recíprocos, rapidamente, deixo de pensar em ser mãe e exijo dele o mesmo. Envolvemo-nos numa relação talvez ainda não vivida. Terminada a relação sexual, ficamos abraçados, em silêncio, mas felizes. Volto ao banheiro e tomo mais uma ducha, sentindo-me plena, e seco meus cabelos. Quando retorno ao quarto, Albert não está lá. Deito na cama novamente, e não consigo explicar muito bem o que sinto;

só posso dizer que me sinto mulher, como nunca talvez tenha me sentido.

Após alguns minutos, visto-me com um confortável pijama, e vou para a sala de estar. Ele também não está lá. Procuro-o na cozinha, e nada dele. De repente, ouço um barulho, trata-se da porta de entrada do apartamento se abrindo. Albert entra e sorrindo grita:

— Temos *pizza*!

Respondo também com um sorriso e complemento:

— Vou lá buscar os pratos e os talheres.

Vou até a cozinha e volto com uma sensação de felicidade provavelmente nunca sentida. Talvez aquela tal realização da qual as pessoas tanto falam esteja chegando para mim. É tudo que desejo. Terminada a janta, Albert se oferece para retirar as coisas da mesa.

— Amor, me perdoa, mas vou me deitar, estou muito cansada. — Digo.

— Claro, vai para o quarto, descansa. Vou verificar algumas coisas na Internet e daqui a pouco chego lá. — Responde Albert.

Caminho até o quarto, me deito e durmo. Tudo parece ser um sonho.

3.

A vida contada em semanas

Novo dia. Acordo ainda com algumas lembranças de um dia perfeito. Sim, perfeito! Não deveria ser por algum motivo? Posso me permitir ter um dia perfeito? Honestamente, não sei. A mesma realização, o mesmo prazer vivido ontem me faz pensar se não estou vivendo o exato estopim para o drama que ainda vou passar.

Talvez a procura de uma vida perfeita seja, sim, meu maior erro. Agora, eu não tenho esse direito? Não digo o direito a ter uma vida perfeita, mas, ao menos, o direito de procurá-la. Se é um filho que vai me dar isso? Tenho certeza que não. Entretanto, ele já está aí! E vou cuidar dele, vou amá-lo, aliás, já o amo. E ele tem um pai, foi uma escolha que eu fiz, ninguém me obrigou. E, por fim, somos um casal e, como casal, temos que ter coisas em comum. Decidi, repito, eu decidi, que a minha opção era endurecer meus sentimentos, em busca de projetos, e encontrei no meu marido alguém que é um pragmático defensor dessas ideias. Alguém poderia me perguntar, então, o que me aflige? O que me aflige é que me dei conta de que, a partir do momento em que o nosso filho nascer, ele estará também nessa barca. Sim, só agora me dei conta; sim, só agora.

O espelho do banheiro tem sido um dos meus grandes companheiros nesta jornada que se costuma chamar de vida. Ele é tudo, menos um objeto; ele é tudo, menos algo passivo; ele é tudo, menos alguém que não cobra; ele é tudo, é tudo para mim, pois somente com ele que enxergo aquilo que está acontecendo, ainda que me doa muito tudo isso.

Por isso, bola para frente. Termino de escovar meus dentes, me arrumo, preparo o café da manhã e me sento à mesa.

— Dormiste bem, meu amor? — Questiona Albert.

— Sim, muito bem. — Respondo.

— Queres uma carona para o trabalho?

— Não, obrigada. Vou com o meu carro mesmo. Depois quero passar numa loja que me indicaram, para comprar algumas roupas.

Meu dia é um dia normal de trabalho. Salvo os cumprimentos que recebo dos meus colegas, quando da chegada, fruto da publicidade que o meu Albert tratou de dar, daquele jeito dele, nas suas redes, foi um dia como qualquer outro.

Na saída, procuro a Helena. Com a Helena, as conversas sempre são profundas, sensíveis, mas, muitas vezes, difíceis. Ela me testa, de forma permanente, naquilo que eu tenho de mais precioso, meu íntimo. Ela me cobra. Ela é amiga, me conhece como ninguém, algumas vezes acredito que melhor que eu mesma. É uma das poucas pessoas que conviveu com a minha família, sabe bem o que eu passei e, não raras vezes, me questiona acerca de como eu trabalho minhas diferenças com o meu marido, e ele percebe isso, sem dúvida. Albert é muito inteligente. Não preciso dizer mais nada; eles não se bicam.

Vamos a uma loja indicada por uma amiga comum. Lá chegando, sou atendida por uma jovem vendedora.

— Boa tarde, mamãe do ano!

Isso mesmo, é assim que sou recebida. Lojas especializadas em roupas para mulheres grávidas, pelo jeito, preparam, treinam, suas vendedoras para um atendimento padronizado. A vendedora não só me chamou de mamãe do ano, mas estampou um sorriso que buscava dar um ar de felicidade, conquista e, ao mesmo tempo, criar certa intimidade. Aliás, empoderou-me de uma forma que, por alguns segundos, até imaginei que era a mamãe do ano e que, ao final do atendimento, receberia um troféu. Tudo bem. As coisas são assim. Helena, conhecendo-me, apenas sorri, de tempo em tempo.

— Conta-me, quantas semanas? — Pergunta a vendedora.

Eu, ainda confusa, e até insegura, pois não compreendi bem como se faz essa contagem em semanas, respondi:

— Onze para doze semanas.

— Bom, então deve nascer lá por fevereiro, no calor. E o teu barrigão vai chegar lá pelo final do ano. Tenho muita coisa de verão para te oferecer e, é claro, algumas roupas bonitas e confortáveis para o período do resto do frio e da meia-estação, quando a cintura começar a apertar.

Entre olhares, provas, análises, de todas as ordens, desde a estética até o conforto, passando pelos preços, mais os palpites da Helena, saio de lá com várias sacolas de roupas, roupas lindas. A cada momento, a cada novo passo, eu me sinto mais grávida, conseguindo entender a verdadeira imersão em que acompanhei minhas amigas se submeterem em momentos anteriores e que, confesso, me parecia exagero, mas, agora, compreendo com facilidade. Despeço-me da Helena em um *shopping* e, quando chego em casa, vejo que Albert já está lá me esperando. Após um olhar aparentemente de surpresa, talvez em razão do grande número de sacolas que estou carregando, imediatamente senta-se ao meu lado no sofá e, pacientemente, assiste a minha apresentação das roupas novas com uma didática explicação acerca da necessidade de sua compra. Aos poucos, Albert, que tanto confia em mim, vai relaxando e entendendo que isso faz parte da nossa organização geral da vinda do *baby* e jamais um exagero da minha parte. Ele sabe do meu equilíbrio para as coisas; nunca pensaria de forma diferente.

Aliás, sobre o *baby*, mais uma vez Albert questiona:

— E o nome, temos que decidir!

Puxa vida! Achei que ele tinha esquecido esse tema por algum tempo, mas não, ao contrário, o questionamento me parece até mesmo mais enfático.

— Amor, sim, vamos pensar nisso. Não tive tempo para refletir. São tantas possibilidades de nomes, não é?

— Sim, muitos, mas temos que começar a prospectar logo; tudo passa muito rápido. Daqui a pouco ele já estará aqui com a gente.

Esse tema tem me incomodado; não sei nem dizer exatamente por quê. Em parte, pode ser pelo fato de que Albert se sente cobrado a dar satisfação disso aos amigos e conhecidos, através das suas redes sociais, tenho certeza disso. Não gosto disso, muito embora respeite Albert e seus hábitos. Quando resolvi ficar com o Albert, assim agi pelo fato de que reconheci nele uma pessoa com vários predicados, alguns deles que, justamente, me retiravam de um mundo a que eu não queria pertencer mais, ainda que mudar de mundo tenha sido uma decisão muito difícil.

Entretanto, nada impede que eu encontre defeitos nele, e essa importância que ele dá para aquilo que os outros pensam acerca da nossa vida é um dos defeitos que ele tem e que me incomoda demais. Mas o mais importante é que eu tenha certeza de que ele me ama, ainda que do jeito dele. Certeza, puxa, será que isso combina com amor? Quantas dúvidas! Por que eu sou assim? A questão é que, de uma forma ou de outra, devo uma resposta a ele.

— Como amanhã já é sábado, vamos falar sobre isso durante o final de semana? — Respondo.

— Sim, eu já tive algumas ideias. — Finaliza ele.

Cansada, desisto do exercício que eu havia programado fazer no final da tarde. Guardo as roupas no *closet* e vou preparar o jantar. Albert, adivinhem, vai para o gabinete e mergulha, como sempre faz neste horário, no computador, na Internet, na realidade, segundo ele. Chego a me arrepiar quando ele fala isso.

Quando a janta fica pronta, sirvo na mesa de jantar da sala, mas sequer consigo comer. Um enjoo súbito toma conta de mim. Quando digo ao Albert, ele se preocupa. Ele é muito impressionado com essas coisas de saúde, sempre foi assim. Explico para ele que, não adianta, na gravidez isso pode acontecer. Ele se acalma, mas, ainda assim, insiste, pedindo que eu ligue para o médico. Faço isso, muito mais por ele do que por mim; já estava preparada para isso. Quantas leituras no período em que esperava pela gravidez, só eu sei.

No sábado, após uma excelente noite de sono, acordo bem. Quando apalpo a cama procurando Albert, vejo que ele já se levantou. Permaneço na cama por mais alguns minutos e me levanto, rompendo com uma preguiça que parece fixar meu corpo no colchão. Caminhando pelo apartamento, de peça em peça, não encontro Albert. Ele deve ter saído para encontrar amigos em alguma padaria, como costuma fazer nos finais de semana. Vou tomar o meu café, em silêncio, algo de que normalmente já gosto muito: ter um espaço só meu, uma solidão voluntária. Hoje, entretanto, nem tão só, já tenho aqui comigo... Opa, me falta o nome. Talvez Albert tenha razão; precisamos logo dar um nome ao *baby*; quero conversar com ele, quero falar dele.

Quando Albert chega e, antes mesmo do almoço, digo para ele:

— Vamos conversar sobre o nome?

— Sim! — Ele responde com muita alegria.

Ele sai na frente:

— Pensei em alguns nomes de origem italiana, o que você acha? Quem sabe, Pietro, Enrico ou Dante?

Por alguns segundos, tenho a sensação de que o tempo parou, parou somente para eu pensar, e fico sem reação. Qual o motivo de colocar um nome de origem italiana no nosso filho? Mas, como dizer isso para o Albert?

— Então, o que você acha? — Insiste Albert diante do meu silêncio.

Tomo coragem e respondo:

— Meu amor, sinceramente, não era o que eu estava pensando. Nenhum de nós tem origem italiana. Quem sabe pensamos num nome com algum significado para nós!

Vejo em Albert um olhar de quem está desconfortável por ser contrariado. Conheço-o bem; sei quando ele tem esse tipo de sentimento. É um dos poucos momentos em que me assusto com ele; parece que se torna outra pessoa.

Paciência, há alguns enfrentamentos que são necessários, dos quais não podemos fugir.

— OK, então diz o que pensas! É isso que queres, não é? — Diz Albert com alguma agressividade.

Não recebo bem esse tipo de reação. Amo-o, mas sei que, quando as coisas tomam esse rumo, normalmente não geram coisas boas. E, talvez, pela gravidez, me sinta mais sensível para esse tipo de embate. Sem entender exatamente o motivo, começo a chorar. Não queria estar chorando, mas não consigo evitar. Vejo nos olhos de Albert um sentimento de remorso e arrependimento; ele sabe que passou do limite. Aproxima-se de mim, me abraça e pede desculpas.

Mais tarde, sentamo-nos mais uma vez para conversar, desta vez desarmados, e a conversa evolui de uma forma mais saudável e propositiva. Vejo que Albert teve aquela ideia, no meu modo de ver, esdrúxula, de colocar nomes italianos, nas suas redes, como mais um dos tantos modismos lá presentes. Ele mesmo se dá conta disso, mas, como destaquei antes, ele tem isso muito presente na sua vida. Talvez já fosse o caso de ele procurar uma terapia para lidar com isso; preocupo-me muito. A Helena, certa vez, de uma forma muito dura, o definiu como um narcisista. Foi uma das poucas vezes em que eu e ela ficamos algum tempo sem nos falarmos. Em meio à nossa conversa, questiono:

— Quem sabe colocamos o nome de algum familiar?

— Boa ideia! — Diz Albert.

— Meu avô Augusto, quem sabe? — Questiono.

— Gostei! E foi um imperador de Roma, não é? — Responde sorrindo, como que dizendo italiano, com um sentimento de vitória.

Meu avô materno foi uma pessoa muito especial para mim, supriu em parte a ausência da minha mãe, após a difícil e litigiosa separação dos meus pais quando eu ainda era tão pequena; sua casa foi meu refúgio naquele difícil período. Nada mais significativo para mim do que o meu filho ter o nome dele. Que bom que o Albert aceitou! Mais uma etapa vencida. Agora posso conversar com o Augusto de uma forma mais direta e pessoal; explicar, desde já, coisas para ele, dizer o quanto ele é desejado, é esperado e já amado por nós. Para Albert, a vitória, possivelmente, é outra: ter um nome para dar satisfação aos outros. Sim, infelizmente, Albert é assim, extremamente competitivo e muito preocupado com o que os demais pensam.

Ao que parece, tivemos um vencedor, sem que tenha existido um perdedor, isso mesmo. Algumas vezes, uma pessoa pode ter a capacidade de competir, sem que outras até mesmo compreendam o que está acontecendo. No caso de Albert, é assim. Jamais vou me ver como perdedora em relação a algo que diz com a nossa relação, mas ele, tenho certeza, vê as coisas de forma diversa. E não é somente comigo. Vejo que isso ocorre na relação que ele estabelece com todos, é da natureza dele; como costumam dizer, está no DNA dele. Reflito sobre isso, enquanto estou me maquiando; sinto que preciso sair de casa, dar uma volta.

Muito falava com o meu pai sobre genialidade; algumas vezes eu achava que ele era muito concessivo em atribuir essa adjetivação. Olhava para mim e dizia: Olha que genial isso! Olha que gênio! Olha do que um gênio é capaz! Olha, genialidade genuína! Mas não raras vezes inseria a palavra competitividade. *Sobre Picasso, sempre me alertou que ele foi muito competitivo, demais, o que afetou as relações amorosas dele, as relações com os demais artistas, em especial pintores, e, como tal, afetou a sua vida e, por consequência, a sua obra. A obra de um artista verdadeiro se confunde com a sua vida.*

Meu Deus, estou cada vez pior! Não consigo poupar nem o pequeno espelho do porta-maquiagem. Realmente, preciso sair, pegar um ar. Sei para onde preciso ir, sei muito bem.

Quem está fora da vida da grávida conta os meses da nossa gravidez; nós, entretanto, contamos semanas. Afora as questões médicas, que são as principais, que monitoram a saúde do bebê, não tenho dúvida de que essas semanas embasam um desenvolvimento psicológico fracionado do tornar-se mãe e pai. Paulatinamente, vamos introduzindo nas nossas vidas uma nova realidade e prospectando o que está por vir; sinto isso.

As semanas vão passando, e parece que o tempo está passando mais rápido. Meus enjoos diminuíram e a barriga está crescendo. Já começo a organizar o Chá de Fraldas, cuja data já está marcada. A princípio, me sinto bem, muito embora eu enxergue que a minha relação com o Albert já foi melhor. Em muitos momentos, sinto-o distante, frio, e, até mesmo, agressivo.

Volta e meia, sigo recorrendo aos espelhos. Numa dessas oportunidades, me dou conta de que até o espelho tem inspiração nas lições do meu pai, de quando ele me explicava suas impressões acerca do quadro *Garota em Frente ao Espelho*, de Picasso; lembro, entretanto, de ele sempre destacar que a Eva sempre foi a mais amada. Quando perguntei por que ele repetia isso com tanta convicção e por qual motivo, das tantas outras mulheres de Picasso, como Fernande, Olga, Marie-Thérese, Dora e Françoise, além de suas amantes, Eva era a mais amada, ele simplesmente respondeu: Foi a ela que ele escreveu isso em um quadro.

Curioso, foi a única vez que vi o meu pai se submeter ao cômodo pragmatismo do qual ele sempre foi ferrenho opositor.

Em meio a tudo isso, não deixo de pegar meu carro e ir à praia. É tudo muito perto, muito perto mesmo. Lá, eu deixo meu carro em frente à casa, vou até a areia, sento-me em algumas toalhas velhas, mas especiais, as minhas toalhas, e fico olhando para o mar, recebendo a brisa em meus cabelos, momentos de pura reflexão. E sequer preciso do espelho; o mar supre o seu papel; aqui tenho o espelho d'água, penso, repenso, dou risadas, choro e falo. De tempo em tempo, caminho, para lá e para cá, esfrego os meus pés na areia, como que querendo me enraizar naquele local que genuinamente me agrada, me traz paz. De forma muito clara, me convenço do quanto a simplicidade pode trazer o sabor do mais complexo. Sigo passeando naquele mundo que se torna mais silencioso ainda a partir do meu pensamento, e meus pés, a cada passo dado, encontram novidades, sejam os buracos deixados pela natureza, sejam os deixados pelo homem. Nesses buracos, permaneço, algumas vezes somente pelo gosto de me sentir presa a algo diferente, por mais que seja uma profundidade mínima, da qual eu sei que posso me livrar a qualquer momento. Não faz mal, eu valorizo como se fosse o passo mais importante da minha vida; tudo é uma questão de como gostamos de encarar as coisas. Saio do buraco e, de imediato, olho para o mar, ganhei altura e, com ela, uma nova paisagem. Sigo em direção ao mar, e agora meus pés se molham, aos poucos, afundam na areia molhada, depois sofrem o choque da onda da beira, minhas pernas recebem os respingos, o frio inicial da água se choca com o calor do meu corpo, momento de despertar para o agora; sim, por mais que se pense sobre qualquer coisa, tudo termina em algum instante, no agora. O que importa é que aqui e agora tenho um momento meu, aqui eu sou muito eu, somente eu. Em verdade, agora, eu e Augusto.

E Albert? Está no seu computador, no seu mundo, aquele que é somente dele, e que não é meu. Talvez seja um sinal de que eu, em algum momento, vá partir para o meu mundo.

4.

Alguns anos depois

Quando eu busco meu filho, ele se aproxima lentamente do carro, desço e abro a porta para que ele entre e se sente no banco de trás. Imediatamente, me coloco na minha posição, do motorista. Antes mesmo de colocar o cinto de segurança, direciono meus olhos para o espelho retrovisor, e naquele pequeno espaço encontro meu amado Caio, seus cabelos, sua testa, suas bochechas e seus olhos. Algumas vezes, com um sorriso; outras, apenas com um olhar vago. Involuntariamente, procuro encontrar nele as características físicas que todos dizem que temos em comum, mesmo ciente da pouca importância que isso tem. Voluntariamente, tento identificar nele posturas que eu e a mãe dele plantamos, enquanto estávamos juntos, posturas que entendíamos lá atrás que fariam dele uma boa pessoa, um bom homem. Sim, enquanto crianças que formamos, nossos filhos são um pouco do que nós pais passamos para eles. Nunca me enganei em relação a isso.

Não estou dizendo que cada indivíduo não traga características próprias, que delimitem parte de seu caráter, de sua personalidade, mas, sem dúvida, é na formação, quando da infância e até mesmo da adolescência, que são incorporados valores pessoais extremamente importantes e decisivos para o futuro de cada um. Eu penso assim.

É difícil descrever o que eu sinto nesses momentos. Recebo meu filho, estou tão próximo dele e, hipnotizado pelos seus movimentos, passo a viver emoções muito intensas, vivas. Procuro fazer desses momentos algo muito especial para mim e para ele, e, diga-se de passagem, não é necessário muito esforço para isso. Curioso, entretanto, que, mesmo estando ao lado dele, sinto saudades. Ao mesmo tempo, quando o deixo na casa da sua mãe, permaneço pensando em tudo que aconteceu enquanto estivemos juntos, e me sinto como se ele permanecesse comigo, até que chegue o próximo dia, quando vou abrir aquela porta e vê-lo ingressar novamente. Naquele espelho retrovisor, é como se ficasse printada a imagem dele; minha memória afetiva faz isso por mim.

Nossa vida em comum virou isso, um vai e vem, mas estamos juntos, sinto isso, e nada mais interessa. Não conheço uma vida que se possa trilhar sem superações; os obstáculos estão aí, para todos, com as peculiaridades de cada um, com as suas circunstâncias. Não nego que haja sofrimento, entretanto sofrer também integra o viver; sei disso e aceito. Aceitar não significa gostar nem ter desejado isso.

Sigo na condução do carro, entre diálogos maiores ou menores com o meu Caio, respeito o silêncio dele, muito embora, como pai, me preocupe também. Devo admitir que me sinto culpado, ainda que saiba que talvez esse sentimento não seja justo comigo mesmo; já pensei muito sobre isso. E me policio para não tentar compensar esse meu sentimento por meio de atos diversionistas e descabidos, que, ao final e ao cabo, mais adiante, gerem mais problemas do que soluções.

Na direção do carro, estou na direção, também, da nossa vida em comum; cada segundo é importante para nós, pois é um momento somente nosso. Olhando para frente e para os lados, cruzamos pelas árvores que, em sequência, estão plantadas na beirada da calçada da grande avenida, companheiras de trajeto que, de tempo em tempo, escondendo o sol do belo dia de primavera, criam uma sensação de *flashes* reiterados e consecutivos. As pessoas que caminham pelas calçadas, sentam-se às mesas dos bares e dos restaurantes e cruzam a avenida nas faixas de segurança, são coadjuvantes na nossa vida, assim como, por certo, somos coadjuvantes nas delas. É assim que o mundo funciona, gira, muitas vezes em torno de si mesmo, possibilitando encontros e desencontros, no contexto daquilo que costumamos chamar de destino.

— Caio, naquele veículo ali à direita, um pouco mais à frente, não é o teu coleguinha de aula e o pai dele, o Albert?

— Sim, papai, são eles.

— Tu te deste conta de que sempre cruzamos com eles no mesmo dia e no mesmo horário?

— Verdade, verdade, no dia em que me buscas na mamãe.

Curioso isso. Como coincidências integram o meu dia a dia, em verdade o dia a dia de todas as pessoas! Quantos acontecimentos se dão de forma simultânea e repetitiva, de tempo em tempo! Tenho um certo fascínio por isso. Claro que, muitas vezes, isso é apenas o resultado de movimentos do cotidiano das pessoas; afinal, querendo ou não, todos nós de alguma forma, maior ou menor, somos obrigados a ser repetitivos nos nossos atos, na organização de nossas vidas, em especial quando formamos um núcleo familiar e exercitamos atividades profissionais. Porém, o meu fascínio talvez não esteja exatamente naquelas coincidências que eu enxergo, reconheço, mas nas tantas outras que se devem dar e passam despercebidas por mim, mas muitas vezes são reconhecidas por outras pessoas, e assim por diante.

— Tenho observado que o teu colega está sempre cantando.

— Não, pai, não está cantando.

— Como assim?

— Ele é assim mesmo, é o jeito dele; de tempo em tempo, fala sozinho.

— Ah, tá, entendi.

A observação do Caio me deixa intrigado. A cena, que se repete, do Albert dirigindo, sem nada falar, enquanto o filho fica falando sozinho no banco de trás do veículo me incomoda. Não acredito que eu deva aprofundar este tema com o Caio, pois, nessa idade, existem alguns temas sobre os quais os quase adolescentes preferem não falar com os pais, e, segundo, porque tenho que aproveitar esses momentos em que consigo privar com ele para coisas nossas. Entretanto, me parece que algo não está bem. Não quero me precipitar, pois eu sequer conheço a criança, mas conheço bem o Albert. Albert é uma pessoa muito extrovertida; é daqueles que onde estão ocupam um espaço muito grande. Aliás, isso fica claro num simples exame das suas postagens em redes sociais; é quase um influenciador digital. Ou seja, não combina com o que estou vendo.

Os relatos, ainda que tímidos, do Caio sobre o coleguinha retratam uma criança com algumas peculiaridades, talvez dificuldades, mas, ainda assim, não consigo achar natural um relacionamento entre pai e filho pautado pelo silêncio, muitas vezes aparentando, até mesmo, certo desprezo ou falta de interesse. No mínimo, deve existir um esforço paterno para quebrar esse gelo; é essencial que haja comunicação, diálogo, entre pai e filho.

Puxa vida! Enquanto dirijo meu veículo, nesse momento tão único que tenho quando estou com o Caio, um momento só nosso, de pai e filho, aproveito para tentar, a cada instante, construir de forma mais efetiva a nossa relação, uma relação tão especial para mim e, com segurança, para ele também. Não quero, com isso, dizer que não erro, mas, ao menos, não me omito. Valorizo o momento, me esforço para entender o meu filho e dar a ele o afeto que eu sei que ele merece e tanto necessita. Mas, acima de tudo, que eu sinto, de coração. OK, como não moro com o meu filho, talvez isso faça com que eu valorize mais esses momentos de convivência, mas nem oito nem oitenta.

Olhar para o lado e, de sinaleira em sinaleira, perceber a solidão de uma criança mesmo estando com o seu pai, não é algo que pode passar despercebido por mim. É como se eu fosse machucado, de tempo em tempo, por algum instrumento que, por certo, não é suficiente para me derrubar, mas me impacta com uma violência muito grande. Vejo que o Caio nota isso, mas entendo que, como é criança, não tem ainda condições reais de compreender o que significa isso.

Por alguns instantes, chego a pensar em abrir o vidro e tentar um contato com o Albert, mas desisto. O pouco que sei acerca da pessoa dele me inibe. É tido como pessoa sobre a qual se costuma dizer que tem gênio forte; além disso, nitidamente, é vaidoso. Pessoas com esse perfil, normalmente, não são abertas ao diálogo, não entendem que críticas podem ser construtivas, que alguém pode trazer uma observação que seja de boa-fé, com o único objetivo de ajudar o outro.

Meus pensamentos, por ora, me distanciam do Caio. Enquanto fazia esses raciocínios, me coloquei como se estivesse só; a companhia do Caio foi seu *smartphone*. Com as crianças, hoje em dia, é assim: se não ocuparmos os nossos espaços, eles são rapidamente ocupados por instrumentos externos, nem sempre os mais adequados.

— Pai, tive a sensação de que o Sr. Albert, antes de dobrar naquela rua, deu uma olhada para nós.

— Será, Caio? Confesso que não notei.

Caio está ligado, talvez mais do que eu imagino. Sigo reto em direção ao nosso destino, já sem a referência do veículo ao lado, e, com isso, me desprendo daqueles pensamentos, retomando a conversa com o meu filho. Por um lado, sei que essa preocupação é legítima, mas, por outro, sei, também, que perdemos um tempo precioso para estarmos juntos, não apenas ocupando o mesmo espaço, mas juntos de verdade, como pai e filho.

Tema para pensar nas próximas vezes.

5. As conversas e o vazio

— Quero que um dia você vá comigo lá na mãe. A gente passa o dia na praia; é muito legal. Sim, lá tem espaço para correr. Muito, muito espaço. Tem areeeeia! Ondas, muitas ondas. Claro, podemos correr juntos. Eu vou querer apostar uma corrida.

Eu já me incomodei mais com isso, com essa falação ali atrás. Ficava atormentado. Hoje me incomodo bem menos. Sempre fui assim; olho para frente. A música que toca minimiza, em grande parte, a voz dele, desestimula uma interação que me cansa, que eu não desejo ter. Talvez seja um dos momentos da minha semana no qual eu menos me sinta bem. Este ir e vir semanal com ele me massacra.

Tive que aprender que na vida não existe felicidade plena; entendo bem isso. Entretanto, isso não significa que eu deva sucumbir diante dessas dificuldades. Nunca agi assim e não vai ser agora que vou mudar. Nunca deixei nenhuma dúvida acerca disso, por isso não posso ser acusado por ninguém, ninguém mesmo, de não ter sido honesto, leal ou transparente.

Não aceitarei, jamais, cobranças, de quem quer que seja. Só quero ser feliz, da forma que eu sei. Entretanto, essa decepção não me deixa ser feliz. Não foi assim que eu pensei que seria. Não sei viver com esses percalços; prefiro negá-los.

— Duvido! Vou ganhar essa corrida. Prefiro correr de meias, principalmente na areia. Aí não incomoda os meus pés. Corres do jeito que quiseres. Sim, lá pode. É somente areia, sem ninguém; claro, apenas a mamãe.

A cada semáforo no vermelho, os poucos minutos parecem uma eternidade. No primeiro, sou obrigado a aumentar o volume do rádio, como forma de abafar as palavras que vêm do banco de trás. Uma verdadeira blindagem da minha realidade e, também, do meu passado, que assegura minha saúde emocional.

— Não vale jogar areia, nada disso. Existem regras, como não? Isso mesmo, vai ter um local de saída e outro de chegada. Vai ser o máximo, vamos nos divertir muito. Não te preocupes, sempre há um lanche lá.

No segundo semáforo fechado, opto por conferir as mensagens do meu WhatsApp; são várias, pois faço parte de inúmeros grupos; entre *emojis* e *stickers*, me comunico com aquelas pessoas, naqueles mundos específicos.

— Ha, ha, ha! Depois a gente se limpa; também não gosto da areia, por isso que uso as meias. Tem vento, sempre tem. Ou, ao menos, quase sempre. Acho que é pelo mar. Que mais? Aí terás que ir lá para ver. São muitas coisas, todas muito legais.

No próximo semáforo, ingresso nas minhas redes sociais. Lá, modéstia à parte, transito com rara qualidade. Percorro aqueles caminhos com a autoridade de um *expert*, administrando a exposição da minha força, das minhas realizações, regando a minha autoestima. Sei que todas aquelas pessoas que me seguem, que compartilham os meus momentos, minhas postagens, me admiram e anseiam alcançar o *status* que eu adquiri. Percebo que o semáforo abriu graças à buzinada do veículo de trás, tamanha a minha concentração neste mundo encantado, que tanto me seduz.

— Entrar no mar, não sei. Não, não é medo que eu tenho; é outra coisa, não sei bem explicar. Sim, o mar é gigantesco, isso que a gente não consegue enxergar todo. Você vai ver lá.

Volto meus olhos para o espelho retrovisor e me enxergo, olhos nos meus olhos, e fico pensando o que deu errado. Não era para ser assim. Sei que fiz tudo certo. Meu filho mais novo, o Lorenzo, me dá muitas alegrias, me realizo com ele. Sua mãe, a Simone, é uma pessoa maravilhosa, minha grande companheira. Mas estamos juntos nesta. Paciência!

— Chegamos! Vou te levar até a porta de entrada.

— Tchau, pai.

— Tchau, meu filho. Depois venho te buscar.

6. A liberdade possível

— Que lindo! Batendo palmas para as lindas ondas do mar!

— É, mas o papai não gosta muito quando eu bato palmas.

— Imagina! Deve ser porque ele acha que podes acordar os peixinhos.

— Nada disso. Quem me dera! Já vi ele dizer para o mano que isso irrita ele.

Como é boa a praia! Aqui tudo é diferente... Que vontade de correr, correr e correr! E parece que foi feito somente para nós dois. Acho que foi feito mesmo... Nada poderia ser tão perfeito por acaso.

— Acho que vou lá atrás, nos cômoros.

— Tu vais sozinho?

— Acho que sim. Posso?

— Claro! Se te sentes seguro, vai em frente.

Engraçado! Quando a gente tem certeza de qual é o caminho, quando isso fica claro, bem como quando tem alguém nos esperando, nos cuidando, não há por que ter medo. Sentado na esteira de palha, com a toalha estendida por cima, aquela toalha com um desenho muito estranho, coloco as minhas meias e me sinto preparado para a corrida pela areia. Chego lá no cômoro mais alto e de lá tento olhar para o mar, o mar que eu tanto temo, mas que ao mesmo tempo, pelas ondas, tanto me encanta.

— E aí, como foi?

— Foi ótimo.

— Ficaste em pé lá em cima do cômoro... Não quiseste rolar até a parte de baixo?

— Não, ainda não, né...

Realmente, é lá que eu me sinto bem. Não me perguntem por quê. Nem eu sei bem; só sei que é assim que eu me sinto. Bom, lá é o nosso cantinho. Falamos só os dois, sem ninguém mais para interferir e ouvir o que estamos falando. Lá eu posso ficar alguns minutos sozinho, nos cômoros de areia, olhando o mar, onde e como eu quiser, do meu jeito. Talvez seja por isso que eu gosto tanto; eu me sinto livre, é meu jeito de ser.

Já, quando volto para a casa do meu pai, tudo é diferente. Tudo parece fechado, escuro e até mesmo limitado. Não posso dizer que ele não gosta de mim, claro que não, mas tudo acontece daquela forma como ele manda. Nem vou dizer isso para ele, pois não quero que ele fique triste.

— O que estás pensando?

— Nada, nada.

— Aquela hora lá no cômoro, eu tive a sensação de que estavas falando com alguém, estou certa?

— Não, acho que foi apenas impressão sua.

— Ah, sim, pode ser.

— O que queres fazer agora?

— Quem sabe, o lanche?

— Boa ideia. Eu também já estou com fome.

A hora do lanche é sempre um momento de que eu gosto muito, principalmente aqui na praia. Parece que estou vivendo num daqueles desenhos animados da televisão. Sabe quando parece que estamos fazendo um piquenique? Nós nos sentamos cada uma numa ponta da toalha; isso mesmo, aquela mesma toalha que tem aquele estranho desenho. Vou tentar explicar que desenho é esse. Imaginem, assim, uma cor azul ao fundo, um azul, deixa eu ver, bonito, que parece o azul do mar, do mar mais bonito que eu já vi, com leves espumas. Um pouco acima, o céu, também azul, exatamente como é aqui na praia, sempre azul, com algumas pequenas nuvens brancas. E duas mulheres que, mesmo estáticas pela foto, parecem claramente em movimento, correndo.

— Não vais comer?

— Vou, claro!

— Sempre que a gente se senta para comer, por alguns segundos, eu vejo que ficas admirando a nossa toalha, não é?

— Sim, muito. Ela é incrível. Amo essa toalha. Um mar azul com espumas, céu azul com nuvens brancas, essas moças correndo, é tudo que eu gosto. É um mundo perfeito.

— Não sabia disso. O que mais tu vês?

— Prefiro não falar.

— Ué! Por quê?

— Ah, deixa pra lá.

— Que rosto de timidez, ha, ha, ha!

— Sim, um pouco.

— Falamos outro dia sobre isso, então.

— Certo.

Há coisas que não me deixam à vontade para falar; normalmente é aquilo que eu nunca pude falar com ninguém, que eu não sei se está certo ou errado. Talvez fossem assuntos de que eu pudesse falar com o meu pai, se ele falasse mais comigo, mas ele prefere não falar; não gosta, sei lá! Ele é assim.

— E o que vamos fazer agora, após o nosso lanche?

— Estava pensando, quem sabeeee...

— O quê?

— Hummmm...

— O quê?

— Quem sabe ir ver as tatuíras!

— Olha só! Essa é uma ideia nova. Finalmente, vamos ver as tatuíras? Ver somente, ou também tocar nelas?

As tatuíras sempre estão ali, bem pertinho. A cada retorno das ondas que alcançam a beira do mar, elas aparecem nos locais mais variados, enterradas na areia ou submersas. Eu sei disso, muito embora nunca tenha ido lá para observá-las. Teria que pisar na areia ou molhar as minhas meias e, sabe como é, não consigo.

— Vamos lá, então?

— Pensando bem, não, não quero ir.

— Certo! Deixamos para outro dia, não há problema.

— Deixa eu fazer uma pergunta?

— Claro! Faz.

— Tens como detalhar um pouco onde fica cada uma delas?

— Elas ficam bem espalhadas, por toda a beira do mar, naquela parte molhada, encharcada, da areia.

— E elas ficam juntas ou separadas?

— Algumas ficam juntas e outras separadas.

— E ficam paradas, ou se movimentam?

— Também varia muito. Algumas ficam paradas e outras em movimento constante. Se fosses uma delas, qual serias?

— Eu, uma tatuíra?

— Isso mesmo.

— Eu seria a que fica separada das outras e que estaria o tempo todo correndo.

Acho que eu entendo bem essas que ficam separadas. Não é uma opção delas. Ficam separadas porque precisam, se sentem bem assim. Outra hipótese é que fiquem separadas pelo fato de que as outras não querem ficar com elas. E as que correm, correm porque necessitam disso.

— E quando viesse a nova onda, o que farias?

— Como assim?

— A cada onda que vem, há um retorno.

— Uma espécie de vai e vem?

— Exatamente. E a cada retorno do mar, tudo se transforma; as tatuíras que estavam enterradas podem aparecer; as que estavam aparentes, podem ser enterradas; as que estavam em grupo podem separar-se; e as que estavam separadas podem agrupar-se.

Não tinha pensado nisso. A cada onda, a cada retorno da maré, tudo pode mudar na vida das tatuíras. São, por um lado, oportunidades permanentes, mas, por outro, desafios constantes. Um dia vou ter que ir lá conhecê-las de uma forma mais próxima, para entender melhor tudo isso, um dia, um dia...

7. Perdendo-se nas pistas

— Entra, Caio! Está aberta a porta.

Mais uma semana, mais um dia, mais um momento que inicio na companhia do meu filho. E uma nova expectativa se cria, pois, muito embora exista grande facilidade para conversar com ele durante os dias da semana que se passaram, jamais esses contatos, cada vez mais próximos e, ao mesmo tempo, mais distantes, vão suprir a relação que se estabelece na forma presencial.

Cada vez que estaciono o carro para buscá-lo, fico olhando à distância a porta da casa se abrir, e vejo-o caminhando de forma acelerada na minha direção, sofro a dor decorrente de não saber onde eu errei. Não digo um erro que tenha levado ao término do meu casamento, mas o erro que gerou a impossibilidade de um final mais digno.

Caio entra, e partimos com o carro.

— Pai, sabes o que vai acontecer na próxima semana, não é?

— Claro que sei! Um príncipe estará de aniversário.

— Sim, mas, além disso...

— Humm, um príncipe vai ganhar um presente, uma festa.

— Também, mas, além disso...

O que será que o Caio está pensando. Uma sequência de perguntas, tudo isso para obter uma resposta. Isso mesmo, ele já tem a resposta que quer, e cabe a mim encontrá-la. Como pai, me sinto na obrigação de não desapontá-lo, passando pela minha cabeça, fruto da minha insegurança, até que ponto a falta do acerto da resposta é consequência do divórcio. Tento fazer do limão uma limonada.

— Caio, vamos fazer um jogo; então, alguma pista?

— Pista... Bom, vamos lá. Qual a idade que eu vou completar?

— Ora, 10 anos.

— Está aí a primeira pista.

— Puxa vida! Vou precisar de mais uma.

— Ponto para mim! Está 1x0! Caio 1, Roberto zero.

Acho muito engraçado isso. O jogo começou. Como tudo pode se transformar em diversão com uma criança! Até as coisas mais simples. Bom, devo voltar ao jogo.

— Vamos à segunda pista, então.

— Sim, vamos lá. Deixa eu pensar. A palavra é *autorização.*

— Autorização... Meu Deus, que pista difícil! Deixa eu pensar: "10 anos" e "autorização".

O que está passando pela cabeça do Caio? Qual a autorização que ele visualiza a partir dos seus parcos 10 anos? No espelho retrovisor, enxergo os olhos dele fixos nos meus, com uma expressão de felicidade levemente desenhada na ponta dos seus lábios e, ao mesmo tempo, tensão, pois é um jogo, e ele, competitivo que é, como a maioria das crianças, quer ganhar.

— E aí, pai, vais perder mais um ponto. Tem tempo para a resposta. Vou contar: 3, 2, 1, perdeu! Está 2x0 para mim.

— E agora? Tem mais uma pista?

— A terceira e última, ou seja, já ganhei. Tenta, ao menos, diminuir a diferença.

— A terceira pista é: proximidade.

Proximidade, eis a minha última pista, para tentar dar ao meu filho uma resposta. Por um lado, pensando qual a maior vitória para ele, se é que eu acerte ou erre. A princípio, seria errar. Ele seria vitorioso, com um retumbante 3 x 0, uma verdadeira goleada. Por outro lado, uma derrota, "meu pai não é capaz de entender um significado importante na minha vida". Penso em todas as variáveis que podem decorrer, agora, da soma das palavras "10 anos", "autorização" e "proximidade".

— Olha o tempo!

— Já vais contar?

— Vou começar. Acho bom chutar algo.

Paro, penso, volto os olhos para o espelho retrovisor, vejo meu filhote suando, impaciente, com os olhos meio que arregalados, o que me passa a impressão de que ele está mais pela vitória do que pela derrota. Ainda assim, não me permito desistir do desafio; ele se tornou mais meu que dele. Vamos lá, "10 anos", "autorização", "proximidade". Já sei!

— Vais responder? Vou contar, 3, 2 e..

— Sentar no banco da frente do carro...

— O quê? Que resposta é essa?

— Com 10 anos, uma criança está autorizada a sentar no banco da frente do carro, ao lado de um adulto, ou seja, proximidade comigo.

Vejo que o Caio esboça um olhar de surpresa com a minha resposta. Pergunto:

— Acertei?

— Não, pai. Erraste. Ganhei por 3 x 0! Caio 3 e Roberto zero!

Caio ganhou, de goleada, mas eu não o vejo tão feliz como estava quando dos dois primeiros pontos conquistados. Isso me preocupa. Sempre presto muita atenção nele. Amar é prestar atenção de forma permanente. Tenso, faço a pergunta que não pode deixar de ser feita:

— Meu filho, qual era a reposta certa?

— Pai, deixa pra lá.

A resposta evasiva do Caio me deixa mais desconfortável ainda, mas não quero fazer desse momento algo ruim; então, parto para o lado lúdico.

— Opa, companheiro, jogo é jogo; mesmo os derrotados têm direitos! Quero saber a resposta certa.

Vejo que a minha provocação deixa o Caio mais relaxado, fazendo com que ele abra um sorriso, ainda que tímido, mas deu a ele a força que precisava para me responder.

— A resposta certa era *férias*.

— Deixa eu ver: "10 anos", "autorização", "proximidade" = férias.

Por alguns segundos, me conecto com o meu filho, entendo, entendo meu erro, entendo o jogo, entendo o gosto amargo da vitória que ele teve. No meu recente divórcio, ficou acordado que o Caio passaria as primeiras férias comigo quando ele completasse 10 anos de idade. É isso. Caio deve estar contando os dias, os meses. Vejo que estamos nos aproximando de um parque; diminuo a velocidade, sinalizo e converto à direita, ingressando no estacionamento. Paro o carro, desço, abro a porta de trás do carro, peço para o Caio descer e dou nele um forte e demorado abraço. A demora é suficiente para que as lágrimas que escorrem dos meus olhos caiam no chão e não sejam visíveis ao meu filho, pois nossos corpos nos escondem. Do lado de lá, um silencioso Caio me abraça com uma força além do normal, e diz ao pé do meu ouvido:

— Te amo, papai.

Voltando ao carro, seguimos nosso caminho.

— Pai, pai, olha ali na frente, à esquerda... Acho que é o carro do tio Albert.

— Verdade, Caio. Mais uma vez, estamos nos cruzando com ele. E olha quem segue lá atrás falando sozinho.

— E ele já tem 10.

— Como assim?

— Ele já tem 10 anos. Não disseste que com 10 já pode sentar na frente?

Era o atento Caio, mais atento, possivelmente, que eu, seu pai.

8. Entre ruídos e frustrações

— Vais ver que lá as formas criadas pelas nuvens parecem transformar-se mais rápido. Deve ser pelo vento, que é muito forte. Ah, aí tem que ir lá para ver.

Mais um dia corrido. Ao terminar essa empreitada, volto para casa e pego o Lorenzo para levá-lo ao jogo de tênis. Hoje vai ser um dia especial, pois Lorenzo vai se preparar para jogar a final do campeonato. É muito orgulho para um pai. Apoio-o nos esportes desde muito pequeno e, agora, com apenas 8 anos de idade, ele já me dá essa alegria.

— Essa é a parte chata: com o vento salta areia no rosto da gente. Isso me incomoda muito. A gente limpa com umas toalhas que sempre estão por lá. Ainda não fui lá no mar para lavar o rosto, mas estou tentando. Se fores comigo, de repente eu me encorajo.

Sinto-me, neste momento, como que corrigindo parte do trajeto da minha história de vida. Vejo que, fosse por mim, somente por mim, não haveria tantos acidentes de percurso. A objetividade e o foco são elementos imprescindíveis na vida, e isso não pode ser apenas um discurso; deve ser algo efetivado de forma permanente, uma espécie de obsessão. O problema se dá quando pessoas têm um discurso pronto de adequação àquilo que pensamos, aceitam que isso fará parte da nossa vida e, depois, gradativamente, usam o covarde argumento de que "estão fazendo o melhor, mas não conseguem". Isso é um discurso de pessoas fracas. Não tenho espaço para esse tipo de pessoa junto a mim.

— Sim, o problema é fazer uma conchinha para pegar a água, para lavar o rosto, e vir junto uma tatuíra... Não ri. A gente nunca sabe onde elas vão estar. As ondas do mar levam as tatuíras para locais diferentes a todo momento. Elas ficam enterradas, mas quando a água sobe e depois desce, se movimentam. Estou muito curioso com o comportamento delas. Tudo isso só lá na praia.

Hoje eu tenho a sensação de que os ruídos lá de trás estão maiores, mas tamanha é a minha expectativa com a preparação e a futura vitória do Lorenzo, que nada vai conseguir estragar os meus dias. Já estou imaginando as repercussões, os cumprimentos, já separei as imagens do Lorenzo ao meu lado desde o dia em que comprei a primeira raquete dele. Com a foto que farei ao lado dele quando da entrega do troféu, bastará apertar um ou dois botões para que reste estampada para todos a trajetória vencedora de Albert e seu filho.

E os que duvidavam de mim? O que farão? Terão que se render ao mantra do Albert: "foco, objetivo, resultado". Muitos pais olharão para os seus filhos e ficarão pensando: "Onde foi que eu errei?", ou: "Por que meu filho não é um Lorenzo, um campeão?". Minha resposta será: Venham falar com o pai dele! Não adianta. Podem me criticar e usar esses argumentos sentimentaloides, mas na hora dos resultados comerão na minha mão.

— Ha, ha, ha, ha, ha! Eu não aguento! Ha, ha, ha, ha!

Para tudo há um limite. Com essas gargalhadas em vão, não dá.

— O que está acontecendo?

— O quê, pai?

— Essas risadas, esse barulho todo...

— Não foi nada, pai.

— Escuta aqui! Olha para mim!

— Estou olhando.

— Não, não estás olhando. Olha para o espelho retrovisor. Estou dirigindo; somente consigo te ver pelo espelho, sabes disso.

— Estou olhando.

— Não estás! Não mintas para mim. Queres que eu desça do carro?

— É que eu não consigo. Eu tento, mas não consigo.

É disso que eu estava falando. Não há como não me incomodar. No momento em que estou aguardando o resultado de mais um projeto que eu plantei e executei com o meu filho Lorenzo, tenho a sensação de ter uma causa perdida ao meu lado. É isso que eu sinto. E eu não nasci para fracassar, sei disso. Não adianta vir para mim com discursos prontos, de compreensão dessas coisas, de aceitação. Sou um indignado com tudo isso. Se outras pessoas não são assim, elas que devem revisar seus conceitos. Aliás, não fossem tais conceitos, talvez essa dura realidade nem existisse. Mas, tudo isso já passou, agora é tarde demais. Acreditei que tinha ao meu lado uma coisa e descobri que o que estava lá era outra totalmente diferente.

— Pai, acho que eu consegui olhar no espelho agora. Pai, acho que consegui. Ainda estás brabo comigo?

Não consigo nem responder; muito duro tudo isso. Agora, sou eu que não consigo olhar para o espelho. Já estamos chegando lá. Melhor assim.

— Chegamos, meu filho. Vamos descer.

— Certo, pai.

Quando ele entra por aquela porta e eu retomo a condução do carro, parece que minha vida muda. Volto a ter os olhos para o que vai acontecer de bom; minha sensação é de alívio. Agora é voltar e ajudar o Lorenzo na preparação para o nosso grande dia.

9. Espelhos, imagens e realidades

Chegar aqui, mais uma vez, significa entender que existe um espaço para ser feliz, me divertir. Talvez até mais do que isso, um espaço para ser eu mesmo, naturalmente, sem tanta pressão. Minha vida está dividida, não exatamente como eu gostaria. Se eu pudesse, inverteria os tempos, os espaços e as pessoas. Mas, crianças não tomam essas decisões; são decisões dos adultos, sei disso.

— Está tudo bem contigo? Estou te achando tão quietinho hoje!

— Sim, tudo bem.

— Ótimo! Senta aqui comigo, então, na nossa toalha, e vamos ver o que faremos. Combinado?

— Sim, combinado.

— Queres ir aos cômoros?

— Não, hoje quero ficar mais por aqui.

— Bom, então desafiar a chegada na beira do mar e tentar ver as tatuíras, nem pensar?

— Não, hoje não.

— Não há problema. Ficamos por aqui.

— Para que serve um espelho?

— Um espelho... Puxa, que pergunta! Um espelho serve para a gente se enxergar.

— Só isso?

— Bom, depende do espelho.

— Por exemplo, o espelho retrovisor do carro?

— Ah, sim, o espelho do carro serve para o motorista conseguir ver o que está acontecendo atrás, pois ele não pode se virar para olhar, sob pena de bater no carro da frente ou não ver um semáforo, coisas assim.

— Só isso?

— A princípio, sim, mas podem existir outras utilidades. Por que essa pergunta?

— Meu pai, quando me olha, somente me olha pelo espelho.

— Quer dizer, quando estão no carro?

— Sim, ou melhor, também.

— Como assim?

— Quando estamos no carro, algumas vezes, poucas, pede que eu fale com ele olhando para o espelho.

— Talvez seja pelo fato de que ele não consegue se virar, como eu te expliquei.

— Mas, quando não estamos no carro?

— Sim, o que ocorre?

— Ele nunca olha para mim, nunca cruza os olhos dele com os meus. E logo com ele, que é justamente com quem eu consigo firmar um olhar reto. Claro, com alguma dificuldade no espelho retrovisor.

— Talvez seja uma impressão tua.

— Não, eu sei que é assim.

— Muitas vezes, é o modo de agir de cada pessoa.

— O modo de agir dele comigo; com as outras pessoas não. Isso ali não é um espelho, um grande espelho?

— Onde?

— Na outra toalha.

— Ah, no desenho da nossa outra toalha, sim, um espelho.

— E o que ela está fazendo ali?

— A moça. Ela está se olhando, talvez se arrumando, o que você acha?

— Acho que ela está fazendo algo diferente.

— Por quê?

— A imagem do espelho é diferente da imagem dela.

— Verdade. Será, então, que ela se vê de forma diferente da que ela é?

— Pode ser. Além disso, a imagem dela no espelho está escura; parece mais velha e triste.

— Interessante... Não tinha pensado nisso. Será que ela gostaria de falar algo olhando para o espelho e se vendo?

— Talvez. Eu já tive essa vontade. Algumas vezes, me sinto melhor olhando para o espelho e me vendo, e não olhando para os outros.

— Não estás errado; afinal, como falamos antes, o espelho serve para nos vermos, não é?

Fico pensando sobre tudo isso. Aqui eu consigo pensar, entender melhor as coisas. Já tenho até vontade de seguir meu caminho de busca das coisas da praia, aquelas que ainda são proibidas para mim, por mim mesmo.

— Eu quero caminhar até a beira da praia.

— Olha só! Finalmente vamos lá? Ou prefere ir sozinho?

— Acho que quero ir sozinho.

— Então pode ir. Eu fico te olhando.

— Vou de meias.

— Como você quiser.

Caminho devagar em direção à beira do mar. Quanto mais perto eu chego, o vento parece ficar mais forte. Começo a sentir a areia fina bater com força nas minhas pernas; é uma sensação estranha; por um lado, de algo fincando na minha pele e, por outro, cócegas. Eu me sinto bem. Nem olho para trás; olho apenas para o mar, para as ondas e suas espumas. Vou ouvindo cada vez mais alto o farto e confuso barulho das tantas ondas quebrando, uma junto com a outra e outras após as primeiras. Em meio a isso, surge um perfume que vem do mar, que cada vez fica mais forte. Alguns metros antes da beira, paro e fico apenas observando, por alguns segundos, talvez minutos.

— Voltei!

— Ué! Achei que desta vez irias entrar no mar, pisar na areia molhada, encontrar-te com as tatuíras.

— Pois é, eu também achei que ia.

— E o que te fez parar, sabes?

Ao receber a pergunta, paro e penso. Demoro. Meus pensamentos, algumas vezes, pelo que sinto, são mais demorados, ou melhor, minhas conclusões são mais vagarosas. Nesse emaranhado de pensamentos, algumas vezes desorganizados, brota uma resposta.

— Acho que sei.

— O que te fez parar, então?

— Acredito que o que me fez parar é o fato de eu ter me sentido bem. Foi um percurso até lá que me deu tanto prazer que, quando eu cheguei lá, na beira, eu já não precisava mais dela. Pude deixar para um momento posterior.

— Interessante, interessante.

Ao olhar novamente para a nossa segunda toalha, fico pensando: que mágicos que são esses espelhos! Ao mesmo tempo que algumas vezes nos assustam, nos metem medo, parece que em outras nos acolhem. Mais do que isso, eu acho que nos mostram verdades que nós não conseguimos ver sem eles. Será possível isso?

— Um espelho pode nos fazer ver algo diferente daquilo que imaginamos?

— Boa pergunta. Acho que sim.

— Como isso pode acontecer?

— Vou pensar e tento te responder adiante. Não tenho uma resposta pronta para uma pergunta dessas.

Volto meu olhar, mais uma vez, para a toalha, vendo, à esquerda, uma bela e leve moça e, à direita, uma moça nada bela, com olhar pesado, até mesmo um pouco assustador. Na da esquerda, um rosto formado por cores vivas, claras, e, na da direita, cores mórbidas, escuras. Na da esquerda, uma aparência jovem e, na da direita, mais velha. E a minha sensação final é de que à esquerda está a ficção e à direita a realidade; sim, é o espelho que abriga a realidade.

— Quer falar alguma outra coisa sobre isso? Vejo que estás tão quieto e pensativo...

Abrindo um sorriso, respondo:

— Não, tudo bem, mas um dia quero levar esta toalha comigo.

— Hoje?

— Não, outro dia.

10. Passado e presente

Dia de chuva, como hoje, as pessoas tendem a supervalorizar como um problema. Isso mesmo: chuva como sinônimo de problema. Nunca vi as coisas por esse viés. Ao contrário, a chuva sempre significou para mim a purificação. Meu pai, que é homem do campo, falava de fertilidade, de fecundação. Para ele, a chuva era algo divino. Muitas vezes, assistíamos a sua queda sentados no banco que ficava grudado na parede da varanda, com as pernas dobradas para baixo do assento, como forma de protegê-las dos pingos que, diante do movimento do vento, caíam nas nossas proximidades.

Fazíamos daquele momento um instante de reflexão, de paz, de união; ao menos eu sentia isso. Ao invés de nos escondermos daquele fato da natureza e nos isolarmos em nossos espaços individuais dentro dos cômodos da velha casa, optávamos, por estímulo do meu pai, a estarmos juntos, inalando o vivo cheiro que resultava da água tocando a vegetação; olhando para a vista que deixava de ser a mesma do dia a dia, simplesmente pelo fato de que o que se via era somente parte dela, uma parte suficiente para ativar o diferente e, com isso, estampar aos nossos olhos um mundo de possibilidades que estava ao nosso lado e que, para alguns, era invisível; por fim, ao recebermos pingos avulsos e inofensivos, tínhamos a sensação de uma espécie de reiteração de alertas, sem uma lógica temporal, mas suficientes para fazer com que, de tempo em tempo, nos lembrássemos de que estávamos ali.

Ao chegar para buscar o Caio, chego com essa sensibilidade anexada aos meus sentimentos. Passado é sempre algo muito forte nas nossas vidas, principalmente quando temos a capacidade de nos vincularmos a ele, de forma consciente ou inconsciente, positiva ou negativa. Paro o carro e imediatamente vejo a porta da casa se abrir. Apesar da forte chuva, consigo enxergar a mãe do Caio, sempre dedicada e amorosa com ele, ajudando-o a vestir a capa de chuva vermelha que demos para ele de presente no inverno passado.

Caio dá um beijo na sua mãe, recebe outro e mais um grande abraço, e começa a caminhar na direção do carro. Não corre. Já sabe que a chuva não é inimiga. Tem a sua capa, que o abriga. Entra no carro e senta-se ao meu lado, alegre, pois sabe que agora já pode ocupar esse lugar. Não esconde a sua sensação de orgulho. Ao entrar no carro, beija-me o rosto, olha para o lado, abana para a mãe e me diz:

— Vamos lá!

Olho para ele e aceno com a cabeça, jogando-a para cima e para baixo, como quem aprova, arranhando um sorriso. Em que pesem os problemas naturalmente decorrentes da separação, vejo meu filho feliz. Estamos separados, eu e a mãe dele, mas nos respeitamos. Ele enxerga isso. Ele entende que não faz parte dos problemas, ao contrário, que ele é justamente o que de melhor nos vincula, nos une.

— Caio, que dúvida! Com esta chuva, onde vamos?

— Pois é, parque nem pensar, não é?

— É, nem pensar.

Não tenho mais com o Caio aquela sensação que tive, de forma equivocada, no início da vida de separado, de que toda vez que eu fosse buscá-lo eu deveria ter programações espetaculares, únicas, como forma de suprir a falta do convívio diário e uma eventual insegurança acerca do amor que meu filho tinha por mim e, até mesmo, da manutenção desse amor.

— Tenho uma ideia.

— Diz, Caio.

— Vamos na casa do vô.

— Na casa do vô?

— Sim, faz tempo que não vamos lá.

— Vamos. Vou avisá-lo. Ele vai adorar, mas sabes que demora um pouco, principalmente a saída da cidade.

— Tudo bem. Eu topo.

Caio me proporciona ir ver meu pai. Quantas vezes eu não fiz tal convite ao meu filho, justamente pelo receio de ofertar uma programação que ele poderia não achar atrativa! Cada vez mais, compreendo a importância e, mais do que isso, a necessidade de ouvi-lo, de dialogar com ele. Aprendo muito e tenho certeza que ensino também.

— Bom! Vamos embora, então.

— Pai, olha ali!

— Ali onde?

— Ali à direita, à frente.

Olho para o veículo apontado pelo Caio e vejo que é o Albert. Sim, mais uma vez, o Albert. Vamos nos aproximando dele aos poucos, até que paramos lado a lado, no semáforo fechado. Vejo que o filho dele está sentado no banco de trás do carro, como sempre, e parece estar falando, falando e falando. E, na frente, vejo um Albert com uma pose que muito mais se assemelha à de um formal e distante motorista de um aristocrata qualquer, cujo distanciamento imposto inviabiliza qualquer tipo de contato, para frente, para os lados ou para trás. Neste caso, entretanto, a sensação final que fica é de que o aristocrata é o próprio motorista.

— Pai, onde será que eles vão todos esses dias que nós cruzamos por eles?

— Puxa vida, meu filho! Não sei, realmente, não tenho a mínima ideia.

— O curioso é que nos encontramos com eles sempre que vens me buscar na mãe. Nunca o encontro outros dias, quando saio com a mãe de carro, nem mesmo quando ela me leva à escola.

— Verdade. Talvez eles tenham algum compromisso fixo justamente nesse dia em que te busco, e o caminho deles coincida com o nosso. Poderias perguntar um dia para ele.

— É que nós não nos falamos muito.

— Bom, mas podem começar a se falar. Já tens um motivo para falar com ele. Não queres matar tua curiosidade?

— Sim, quero, muito. Essa e outras também.

Vejo que o Caio, ao terminar de falar, entorta o seu pescoço para trás e para o lado e tenta visualizar o colega de aula. Ao que parece, o colega não o vê, e segue falando sozinho, extremamente concentrado no que faz. O semáforo abre e Albert arranca em alta velocidade. Caio me olha, como que dizendo: eu tentei. Olho para ele e digo:

— Não desiste. Segue tentando.

Ele me responde com os olhos, duas ou três piscadas, mais o gesto com a cabeça que simboliza o sim. Um sim que ele sabe não ser condutor de facilidades. Mas, agora ele decidiu tentar. Não aceitar, simplesmente, e negar a existência desse colega.

Papo vai e papo vem, chegamos na casa do meu pai. Estacionamos o carro no meio do terreno, que com a chuva já apresenta uma vasta lama, fruto da mistura da rareada grama com o barro e a água, distante mais ou menos uns 50 metros do velho chalé. Em meio aos espaços deixados pelo limpador de para-brisa, num verdadeiro vai e vem, já é possível enxergar meu velho pai sentado, no mesmo banco de sempre, aguardando a nossa chegada.

Descemos do carro e sem pressa caminhamos na direção da casa. Caio com sua capa de chuva e eu com a minha; não usamos guarda-chuva. Caminhamos sem que os pingos da chuva signifiquem alguma intercorrência. A cada passo, olhamos para um lado e para outro, apreciando o verde que nos cerca e apenas cuidando para não resvalar na combinação do gramado com a terra úmida. O vento tenta jogar os nossos capuzes para trás e descobrir nossas cabeças. Passamos a segurá-los com as mãos e, involuntariamente, dirigimos o nosso olhar para o chão.

De repente, já visualizamos os quatro degraus que nos levam à varanda. Enfim, chegamos.

Meu velho pai, sentado no banco, é uma imagem que me recorda a infância, a adolescência, ou seja, o passado. Tudo sempre girou no entorno dele naquele banco. Era lá que a minha mãe trazia o café da tarde, ainda antes do entardecer, que era composto de bolo, nata, pães, tudo feito por ela. Numa grande bandeja, que tomava conta da mesa da varanda, desfilavam as delícias que faziam parte de uma rotina familiar. Era um ponto de encontro obrigatório. Em menos de cinco minutos, lá estávamos todos nós, meu pai, minha mãe, eu e meus três irmãos.

Não era exatamente um momento de maior abertura para discussões. Naquela época, meu pai fazia do seu silêncio a pauta desses encontros. Hora de comer, segundo ele, não era hora de falar. O silêncio, entretanto, não significava repressão, nem mesmo coerção; era apenas uma característica que estava no íntimo de uma pessoa que, na época, por questões culturais, talvez, tinha que ter um natural comando das situações. Tanto é assim que as imagens e os sentimentos daqueles momentos me marcam até hoje, e de forma positiva. Enquanto a minha mãe foi viva, mesmo quando nós filhos já éramos adultos, a regra era essa. Após a morte da minha querida mãe, as coisas foram mudando. Meu sentimento é de que meu pai precisou de um espaço para falar com alguém, e esse alguém teria que ser um dos seus filhos. Dos quatro filhos, dois moram em outra cidade, distante, um faleceu precocemente e o quarto sou eu, que moro numa cidade vizinha à área rural onde ele reside e onde estou agora com o meu filho.

Já faz alguns anos que minhas vindas para cá, para encontrar meu velho e viúvo pai, na imensa maioria das vezes sozinho, passaram a ser as únicas hipóteses de ele conversar com alguém da sua família. Já não há mais o café da tarde; já não há mais o pai que exige silêncio, o que lá atrás pode ter representado uma minimização de convívio, mas, ao mesmo tempo, momentos para refletir; agora, há espaço para dialogar e, por fim, há um neto, o Caio, que alterou o modo como meu pai enxerga sua vida.

— Oi, vô!

— Oi, Caio! Que saudades! Vem me dar um abraço.

A cena do meu filho abraçando meu pai, e o pai fechando os olhos em meio ao abraço, se repete cada vez que chegamos aqui. Não obstante isso, emociono-me todas as vezes. Ele recebe um abraço que possivelmente eu não tenha recebido; a forma que o meu pai tinha de me abraçar como filho era diferente. Mas, no meu íntimo, sei que recebi afeto, muito afeto; só era de uma forma diferente. Meu pai sofre com a minha separação; ele gostava e ainda gosta muito da Cíntia, minha ex-esposa, e, por certo, sofre com o possível sofrimento do Caio, seu único neto. Ele não me diz isso; o silêncio dele, nesse tocante, se mantém, mas aprendi a entender o que ele sente por outras formas que não necessariamente a verbalização da palavra.

Passamos a tarde aqui com ele, uma tarde agradável, como são todas as tardes que viemos aqui. Caio adora visitar o avô. Ficamos até o final da tarde, início da noite, até que, já com a chuva parando, iniciamos nosso retorno.

11. Pingos de chumbo

— Um, dois e três. Quatro, cinco, seis e sete. Opa, me perdi! Um, dois, três e quatro.

Poucos dias me perturbam mais que os de chuva. Não fosse essa empreitada semanal que eu tenho com o moço ali de trás, não sairia de casa hoje. Até o treino do Lorenzo foi cancelado. Era dia para mergulhar no imenso mundo virtual, que nos protege das ditas intempéries, e não para estar aqui.

— Tu te prepara! Lá na praia, com chuva, não temos muitas escolhas. Não, lá não usamos capa de chuva nem guarda-chuva. Nãooooo! O guarda-sol não nos protege totalmente dos pingos. Ele é de pano e, além disso, a chuva vem de lado, em razão do forte vento. Não, lá não dá para contar os pingos; não tem vidro...

Quando saio de casa em dias de chuva, a raiva toma conta de mim. Recordo quando, ainda pequeno, minha mãe me levava à escola. Ela ficava insegura na direção do veículo; eu percebia isso com muita clareza. Ela tinha medo de dirigir com chuva; suava, ficava nervosa. Enquanto isso, no conforto do lar, aquele velho que me faziam chamar de pai ficava deitado na cama, com o semblante de um foragido, mas sempre tratado como vítima. Nunca aceitei e nunca vou aceitar esse discurso, que me foi repetido a vida toda. Um preguiçoso, era o que ele era. E minha mãe é responsável também por isso, pois, ao invés de dispensá-lo e nos proteger desse fracasso, acolheu o discurso das dificuldades emocionais, da doença.

Nunca perdoei a ambos e nunca vou perdoar-lhes. Alguns tentarão me atacar: um filho único que não tem mais contato com a sua pobre mãe viúva, como pode? Ora, só eu sei o que eu passei. Hoje, se sou vitorioso, é porque consegui eliminar da minha vida o vínculo com esse passado.

— Claro que vai ser divertido. A chuva faz parte da natureza. Brincamos mais ainda. Sim, a gente corre, o mar fica mais bonito.

Agora, na direção do meu carro, adulto, "homem velho", como se costuma dizer, sei que a insegurança da minha mãe era somente fraqueza, e sobre o meu pai, prefiro nem falar. Resumindo, estar aqui, neste carro, neste momento, me traz uma irritação indescritível, sensação de perda de tempo e de um ônus que eu jamais deveria ter. Meu mundo real é diferente deste que vivo nestas ocasiões. Não pertenço a este mundo e não vou me tornar refém disso.

— Hoje vais descer sozinho até a porta, está bem?

— Sim.

— Entendeste bem?

— Sim.

— Tu só respondes *sim*!

— Sim, digo, correto papai.

— E não comenta para ninguém.

Difícil não se irritar. Será que um dia isso vai mudar? Pergunto-me todos os dias. Olho para mim, para quem eu sou, para quem será o Lorenzo, e fico imaginando como posso estar vivendo isso. E, a cada semana, além do dia a dia desgastante e frustrante, ainda existem esses caminhos de vai e vem, cuja sensação é de que apenas tornam as coisas piores.

— Podes descer.

— Aqui na chuva?

— Sim! Aqui! Só coloca o capuz.

12. Quando a chuva ilumina

Chego e tiro o capuz. Não tenho medo da chuva; talvez eu seja mais corajoso do que imagino ser. Sempre que eu chego aqui, na verdade, me sinto bem mais corajoso. Não posso esquecer que não devo dizer que desci sozinho do carro; acho que é um segredo meu e do meu pai. Faz tempo que não tínhamos uma coisa somente nossa; muito legal isso.

— Tudo bem?

— Tudo.

— Animado, mesmo com a chuva?

— Sim, muito animado.

— Coisa boa!

— Quero correr na chuva.

— Ah, sim, adoro correr na chuva também. Vais em direção ao mar, para trás ou para um dos lados?

— Pois é, ainda não decidi.

Além de correr na chuva, aqui eu tenho como escolher para onde ir. E tenho a percepção exata de que não existe o certo ou o errado, ou seja, que a escolha é simplesmente o resultado do que eu entendo ser melhor para mim. Acho que isso é o que alguns chamam de liberdade, pois não há caminho que eu não possa seguir e, seja qual for a minha escolha, não trará prejuízo para ninguém.

— E aí, decidiste?

— Decidi.

— Posso tentar arriscar um palpite?

— Sim!

— Vais correr para um dos lados?

— Acertooooou!

Vou correr para um dos lados; hoje eu não quero limites. Os lados são intermináveis. Para trás, eu teria a barreira dos cômoros; para frente, o mar, que, para mim, é uma incógnita, que me faz temê-lo. Para os lados, eu decido meus limites, dentro, é claro, das minhas possibilidades. Então, saio correndo, primeiro para a esquerda. Sinto os pingos caindo nas minhas costas, são muitos; não tenho a pretensão de contá-los, como costumo fazer. É engraçado! Como se fossem cócegas. Em determinado momento, resolvo voltar. Agora os pingos atingem meu peito e o meu rosto; já não é tão confortável. Termino a corrida.

— Posso me sentar?

— Claro, sempre ficamos sentados.

— Mas não vou molhar as toalhas?

— Ah, não se preocupe com isso; afinal, estamos na chuva, não é?

— É mesmo!

— Temos duas toalhas; hoje vais te sentar em qual delas?

Verdade, temos as duas toalhas, sempre elas. Acredito que hoje não preciso ser preciosista; nenhuma delas representa de forma cabal o que estou sentindo. Por um lado, uma corrida daquela destemida dupla sob um céu azul, por outro, aquelas duas imagens, frente a frente, reflexos do espelho. A chuva afasta o azul do céu e, mesmo que o espelho estivesse aqui, os pingos que escorreriam sobre ele inviabilizariam as imagens. Talvez por isso seja o dia de um desafio: a areia.

— Não quero me sentar nas toalhas, quero me sentar na areia.

— Veja só! Sem toalhas hoje, então.

— Não será bem assim.

— Quanto mistério! Algum segredo?

Pois é, hoje pode ser um dia de segredos. Um deles, meu e do meu pai, que já está guardado a sete chaves. O outro, ao que parece, por ora somente meu. Que segredo seria esse, ainda não sei bem.

— Quem sabe?

— Olha só! Há mistério mesmo. Estou certa?

— Não direi que não.

— Não é somente mistério, então é muito mistério.

Começo a rir, e desta vez não são cócegas. Acredito que é felicidade mesmo, alegria pura. Sinto-me vencedor, realizado. Sento-me na areia. Pela primeira vez, uso as duas mãos para me apoiar. E consigo. Mais do que me apoiar, começo a cavar buracos. Minhas mãos ficam enterradas; sinto-as aquecidas. E faço isso com a naturalidade de quem já o tivesse feito várias vezes.

— Teremos lanche hoje?

— Sim, como sempre.

— Bom, então preciso limpar a areia das minhas mãos.

— Verdade. É de bom tom.

— Posso usar uma das toalhas?

— Claro. Podes pegar.

Pego qualquer uma, de forma aleatória; naquele momento elas são simplesmente toalhas; poderiam ser panos; servem a um objetivo único: limpar minhas mãos. Mais uma vez, tenho o sentimento de conquista, de realização.

— Posso usar a outra toalha para colocar nas minhas costas e me secar um pouco?

— Evidente, muito embora ela esteja um pouco molhada pela chuva, não é?

— Sim, mas já ajuda um pouco, e me sinto como se estivesse com a capa de um super-herói.

Um dia especial. Só isso que posso dizer. Gostaria de um dia ter alguém mais aqui comigo, mostrar todo este mundo. Acho que vou perguntar para o meu pai se na próxima vez posso fazer isso. Acho que ele vai dizer não, mas não custa tentar.

13.

A distância real

Estou no carro, dirigindo, e recebo uma mensagem no meu *smartphone*; é do Caio.

— Pai, hoje podes descer do carro e me buscar aqui dentro de casa?

Leio a mensagem e fico sem saber como agir. Desde o divórcio, nunca mais entrei na nossa casa, agora casa do Caio e da mãe dele. Não sei se ela vai achar uma boa ideia. Imagino que o Caio esteja tentando me aproximar da mãe dele. A psicóloga dele disse que isso é natural, mas que teremos que saber lidar com essas situações. Tenho que responder para ele, e respondo:

— Filho, já perguntaste para a tua mãe?

Fico aguardando o retorno dele. Estou nervoso, agoniado, pois, por um lado, não gostaria de ver o Caio envolvido diretamente em situações como esta. Agora, por outro lado, ele está crescendo e, assim, parece já estar preparado para a compreensão dessas realidades. Desde o momento em que saí de casa, tinha consciência das dificuldades que adviriam da separação, bem como do quanto ela poderia afetá-lo. Entretanto, não havia opções, não estávamos felizes como casal, e ele já sofria, muito por decorrência disso. Nosso erro, talvez, tenha sido procurar culpados, ou melhor, externamente, reputar a culpa ao outro, e, internamente, nos sentirmos culpados. Agora, posso afirmar que o tempo já nos ajudou, porém qualquer tipo de mudança nas convenções estabelecidas gera tensão, medo. Já estou me aproximando da casa deles e vejo que chega uma resposta:

— Sim. Ela que pediu.

Diante disso, respondo:

— OK, filho. Vou descer. Já estou quase chegando.

Nos últimos minutos do trajeto restante, minha cabeça prospecta as inúmeras possibilidades para que a Cíntia peça para eu descer, mesmo ciente de que as chances de eu acertar o verdadeiro motivo são muito pequenas. Que eu me dê conta, não houve nenhum fato específico que motivasse esse movimento. Sigo dirigindo, reduzo a velocidade, como que me concedendo mais tempo para essa reflexão e, até mesmo, para uma preparação, para saber como agir. Chegando em frente à casa, estaciono o veículo, desligo o motor e me mantenho sentado. Nitidamente, sinto-me desconfortável. Olho para a casa e, pelo vidro do janelão da sala, vejo uma movimentação. É o Caio. Lá está ele. E já me viu. Devo descer.

Desço do carro e, mais do que sem pressa, me sinto como se estivesse com bolas de chumbo segurando os meus pés, tornando os meus passos obrigatoriamente lentos. Estou tenso, me sinto desconfortável, não esperava por isso. A sensação que tenho é de que vou me deparar com uma pessoa estranha, como se eu estivesse entrando num espaço novo, muito embora seja um regresso para um espaço que foi o meu lar por tantos anos. E a tal pessoa estranha é, nada mais, nada menos, que a mulher com quem eu convivi por mais de 15 anos. Num período de tempo tão pequeno, numa distância que, em situação normal, se reduz a meia dúzia de passos, tenho o sentimento de eternidade, uma angústia que parece ser infinita. Aproximo-me da porta de entrada, restando apenas os degraus de acesso, aqueles que durante tantos anos eu subi com naturalidade e hoje são valorizados como a parte final de um percurso todo especial. A explicação, embora dura, pode ser simples: aquela não é mais a minha casa, e lá mora uma mulher que não é mais a minha esposa, mas que é a mãe do meu filho.

Antes mesmo de colocar os pés sobre o primeiro degrau, verifico que a tranca da porta está sendo aberta por dentro; provavelmente o apressado Caio já esteja providenciando isso. Subo ao segundo degrau e imagino, pelo barulho, que a segunda tranca está sendo aberta. Quando alcanço o terceiro degrau, não há nenhuma dúvida, ingressa uma chave, por dentro, na fechadura principal da porta. Finalmente, chego ao quarto degrau e coloco meus pés sobre aquele capacho de entrada, que é o mesmo de tantos anos em que ali morei, no qual consta um *Welcome*, e a porta se abre.

Ao se abrir a porta, quem está à minha frente é a Cíntia. Por alguns segundos, creio que não consigo deixar de demonstrar minha surpresa; afinal, não esperava isso. Mas, nesses mesmos segundos, olho para ela e vejo em seus olhos, quem sabe, um pouco daquilo que um dia fez parte da nossa vida. Sim, vejo isso nos olhos dela. Os olhos são capazes de uma comunicação muito real, sensível e próxima. No caso da Cíntia, talvez mais do que nas demais pessoas. Ela é quieta, discreta, quem sabe até tímida. Pessoas assim falam muito com os olhos. Os mesmos olhos que me afastaram daqui, agora me recebem, me acolhem. Minha tensão se mantém, mas, nesse instante, de uma forma distinta, com um componente de emoção, de fragilidade.

— Oi, Beto! Entra.

— Oi, Cíntia! Como vai?

Entro, nitidamente sem deixar de demonstrar o que sinto. Sou assim, sempre fui. Nunca consegui deixar de estampar meus sentimentos na minha face, nos meus gestos. E antes mesmo de que nosso diálogo possa ganhar corpo, logo ali, vejo o Caio correndo em minha direção.

— Oi, Paieeeee!

Quando ele se aproxima, me dá um forte e apertado abraço. Fecho os olhos, como forma de receber na íntegra esse carinho genuíno. Ao abrir os olhos, de canto, olho para a Cíntia,e ela está nos olhando. Ela não tenta esconder um sorriso, ainda que discreto, e certa emoção. Quanto ao Caio, fica nítida a sua realização ao me ver aqui. Minha ausência na casa, com tantas referências que deixei aqui, deve ser permanente fonte de pensamentos de uma criança tão sensível.

— Vamos sentar ali na sala. Beto, queres beber algo?

— Não, muito obrigado. Acabei de tomar uma água.

Sentamo-nos no sofá da sala, um sofá enorme em "L", com espaço para oito pessoas, encostado na parede lateral da casa, onde há uma grande janela, que oferece a linda vista do pátio, um pátio repleto de árvores e flores; entre as duas árvores, a rede onde eu passei várias tardes de domingo deitado com o Caio; as flores, que eram regadas diariamente pela Cíntia e que, por certo, seguem sendo regadas, de tão belas que estão. Numa ponta do sofá, sento-me eu; ao meu lado, o Caio; um pouco mais distante, a Cíntia. Depois de um pequeno silêncio, Cíntia, ainda com um pouco de formalidade — não adianta, o distanciamento de um antigo casal retira a essência que ele teve durante anos: a intimidade —, diz:

— Beto, primeiro eu quero agradecer por teres vindo.

— Imagina! Sempre que for necessário, estarei aqui. Claro, quando vocês quiserem.

Muito embora o ambiente amistoso, não tenho como deixar de me preocupar novamente. Fico curioso para saber qual o real motivo de eu estar aqui. Diante disso, prefiro ser direto.

— O que houve? Temos algum problema? Está tudo bem com vocês?

Sim, larguei uma bateria de perguntas. Se fiz o certo ou o errado, agora vou saber. Caio olha para a mãe, a mãe olha para o Caio, e diz para ele:

— Caio, queres explicar para o teu pai?

E Caio, olhando para baixo, com a timidez natural de uma criança, responde:

— Não, mãe. Prefiro que expliques.

— Perfeito, filho.

Cíntia volta seu olhar diretamente para mim e começa a falar:

— Beto, é o seguinte. O Caio tem me comentado sobre os encontros que vocês têm tido, acho que toda semana, com o Albert e o filho dele, o coleguinha de aula do Caio.

Ouço-a falar e aumento minha atenção, pois nunca imaginei que esse seria o foco da nossa conversa, da minha vinda para cá, depois de tanto tempo. Não respondo nada, apenas sigo observando-a, para ver do que se trata, onde isso vai parar. Hora de ouvir.

— O Caio me relatou isso, mas eu quero deixar claro que jamais, quando conversamos sobre isso, a intenção foi de me intrometer na relação de vocês. Aliás, Beto, quero te dizer que acho linda essa relação. O Caio adora estar contigo, te ama muito, e eu fico muito feliz por vocês. Não é mesmo, filhote?

Caio acena com a cabeça, concordando com a mãe, e, com a sua pequena mão, alcança a minha, cruzando os dedos com os meus. Desnecessário explicar o que sinto a partir do que envolve essa relação entre pai e filho, e, além disso, não posso mentir, o que restou da minha relação com a Cíntia. De outro lado, fico pensando, como nunca me passou pela cabeça que as coisas que se sucedem na minha relação com o meu filho acabariam, de alguma forma, ingressando, também, na relação dele com a mãe? Como eu pude presumir que a nossa separação iria fazer o Caio viver duas vidas, uma com o pai e outra com a mãe, dois mundos, duas realidades? E o curioso é que vivi durante todo esse período, com o Caio, sem me dar conta disso.

— Que bom, Cíntia! Sobre o assunto, sim, coincidentemente, todas as semanas, cruzamos de carro com o Albert e o colega do Caio.

— Sim, exatamente isso que o Caio me fala. E o Caio me disse que queria se aproximar do amigo, fazer contato com ele, eventualmente até convidá-lo para vir passar a tarde aqui, claro quando não houver aula.

Eu já tinha observado que o Caio, de tempo em tempo, esboçava um interesse maior sobre o colega, possivelmente fruto daquilo a que temos assistido semanalmente, bem como das nossas conversas. O que me chama a atenção é de ele ter falado com a Cíntia sobre isso e não diretamente comigo, mas, por certo, isso tem a ver com o fato de ele morar com a mãe. Entretanto, correta e admirável a postura da Cíntia de dividir comigo essa questão.

Olhando para ambos de tempo em tempo, respondo:

— Eu não vejo problema nisso. Apenas, acredito, Caio, que o bom seria tu, primeiro, ires conversando com o teu colega na escola. Depois, falamos com o pai dele, para tentarmos combinar algo. O que vocês acham?

— Concordo, Beto. — Diz a Cíntia.

— Legal, então. Vamos indo? — Afirma o Caio.

— Certo. Vai lá pegar tua mochila no quarto. — Segue a Cíntia.

Caio sai correndo em direção ao seu quarto. Levanto-me do sofá e vou me dirigindo à porta, acompanhado de perto pela Cíntia. Ao chegarmos na porta, paramos, aguardando o Caio. Olho para ela e digo:

— Muito obrigado. Acho que foi muito importante para o Caio presenciar e participar dessa nossa conversa.

— Sim. Achei que faria bem para ele. — Diz a Cíntia.

E logo após:

— E para nós. — Finaliza.

Caio chega com a sua mochila, e saímos da casa em direção ao carro. Uma caminhada diferente daquela da chegada; desta vez, leve, sem pressões, claro, com algumas dúvidas, sentimentos, mas sempre compensadora por estar com o braço direito abraçando o meu querido filho, meu querido Caio. Ingressamos no carro e seguimos nosso rumo, mais uma jornada, de tantas que já percorremos e de tantas que ainda vamos percorrer.

— Pai, olhá lá! Não vais acreditar!

— O que, Caio?

— Lá na frente!

— Não me digas que...

— Isso mesmo. São eles!

— Verdade, o carro do Albert?

— E estão parando no semáforo.

Realmente, Caio tem razão; é o carro do Albert mais uma vez no nosso caminho, fatos que se repetem e, cada vez mais, vão se tornando inexplicáveis. Acho que esse é o grande enigma da vida, tentar entender essa condição aleatória, muitas vezes, dos acontecimentos. Não digo com isso que a lógica não faça parte do viver, pois não tenho a menor dúvida de que faz, mas é certo que há um espaço importante para situações de difícil compreensão, e essas, no meu modo de ver, são as mais fascinantes e, além disso, as que mais tornam a vida incrível.

— Verdade, filho, e vamos parar quase ao lado dele.

— Meu amigo está lá atrás do carro. Já vejo a cabeça dele.

14.

Contatos

— Oi, amigo!

— Oi!

— Olha para o lado.

— Como assim?

— Olha para o teu lado esquerdo.

Após essa troca de mensagens, olho para o lado e lá está o Caio, meu colega de escola, num carro. Nem sei o que dizer para ele, pois conversamos poucas vezes. A realidade é que eu não converso muito com meus colegas; é o meu jeito e, talvez, o jeito deles comigo também. Pode ser um pouco pela minha impaciência ou, talvez, da deles. Pensando bem, não me ajudam lá na escola a ter esse tipo de contato. Não sei bem.

— Queria te convidar para, na próxima semana, passar uma tarde comigo lá em casa.

Leio a mensagem e fico nervoso. Não sei exatamente o que responder. Nunca recebi um convite desses. O Caio parece ser um cara legal; é parecido comigo em algumas coisas, ou, pelo menos, parece ser. É um sujeito quieto, fala pouco; muitas vezes fica só, não se envolvendo com grandes grupos; e, além disso, parece gostar de mim.

— Caio, obrigado pelo convite. Vou perguntar para o meu pai e te respondo, pode ser?

— Claro! — Responde Caio.

Tão logo eu recebo a resposta, vejo o carro do Caio ficar para trás, diante da alta velocidade que meu pai imprimiu no nosso carro. Em segundos, convertemos à esquerda numa rua e, pelo que observo, o carro do pai do Caio segue reto. Fico pensando se devo perguntar para o meu pai agora se ele vai deixar eu passar uma tarde na casa do Caio, mas tenho medo. Meu medo não existe em razão de que ele possa responder que não, mas pelo fato de que todo e qualquer diálogo que eu tenho com ele, no meu sentir, o desagrada, especialmente quando estamos no carro, neste nosso percurso semanal.

Entendo que o melhor é me conter e aguardar um melhor momento, se é que é possível que exista esse momento. Prefiro nem pensar nisso, pois, quanto mais eu pensar, mais difícil vai ser encontrar uma solução. Hora de voltar a mente para outros mundos, outros cenários; é assim que eu me permito ser feliz.

— Vamos lá! Te prepara! Lá sempre temos novidades. Que tipo? Ora, de todo tipo. A natureza, a liberdade, as surpresas, a paz, entre tantas outras. Ah, isso é somente indo lá e vendo. Não, não tem como explicar, é impossível. E é demais!

Estava bom demais para ser verdade. Começa a falação! Até que demorou desta vez. Agora, é seguir administrando na minha cabeça, na minha mente, essa cansativa situação. Honestamente, como já não se trata de algo novo, eu poderia entender que já faz parte do meu dia a dia, da minha vida. Entretanto, não penso assim, jamais vou pensar assim. Não, nunca. Pensar assim seria aceitar a derrota, e eu não nasci nem vivo para perder. Essa derrota não é minha, já disse isso várias vezes. Não vou admitir um insucesso que, por certo, caiu no meu colo, mas que não me pertence.

— Vou te contar uma coisa, mas promete que não vai falar para ninguém. Promete? Tem que prometer. Sim, uma coisa boa. Vou dizer, mas antes promete. Agora, sim! Um colega me convidou para ir na casa dele. Sim, bem legal. Não, isso nunca tinha acontecido. Sei lá, acho que ele gosta de mim. Eu? Acho que gosto também; não o conheço bem, mas parece ser um cara legal. Obrigado. Mas, não te esquece, é um segredo, ainda não falei nem para o meu pai. O que achas? Falar logo? Tenho um pouco de medo. Do quê? Da resposta dele. É verdade, vou falar com o meu pai.

— Pai!

Acho que ele não me ouviu. O rádio está com o volume muito alto, tocando música. Vou tentar novamente.

— Pai!

Acho que agora ele ouviu.

Ué, me chamando. Isso não é normal. O que ele pode querer?Já estamos quase chegando lá.

— Diga. Já estamos quase chegando. É isso que você queria de mim?

— Não, quero te fazer uma pergunta.

Pergunta, agora, do nada! O que virá pela frente?

— Diz, pergunta, então! Já disse que estamos quase chegando.

— O Caio, meu colega de aula, me convidou para passar uma tarde na próxima semana na casa dele.

— Tens certeza?

— Sim, pai, aqui está a mensagem dele, caso queiras ler.

Muito estranho isso. Nunca ninguém o havia convidado para nada. O que levaria o colega a convidá-lo? Qual o interesse em conviver com ele? Confesso que eu nem sei bem o que responder. E até acho que fui duro demais com ele, mas perguntas, em um momento como este... já não sei mais lidar com essa situação.

— Vou pensar. Falamos adiante. Afinal, é somente na próxima semana, não é.

— Está bem.

Se ele vai pensar, acho que não vai deixar. Tudo bem. Nem sei se seria divertido ir lá. Só ter recebido o convite já foi legal. Acho que vou responder ao Caio. Ou será que nem respondo? Não sei bem como agir numa situação assim; não estou acostumado.

— Estamos chegando. Te prepara.

— Estou preparado, papai.

Desço do carro, fecho a porta e sigo caminhando. Mais uma vez, chegando num espaço que me permite tentar entender melhor o que eu sinto, quem eu sou e o que é viver.

15.

Aprendendo

— Quanto silêncio hoje!

— É que eu estava pensando.

— Você quer falar no que estava pensando?

— Acho que sim.

Normalmente, aqui eu falo muito mais, converso, consigo questionar algumas coisas, responder outras, mas hoje estou me sentindo um pouco diferente. Sinto que tenho necessidade de falar, mas, ao mesmo tempo, minha percepção inicial é de que não consigo.

— E aí, vais falar?

— Sim, vou falar. Sempre queres me ouvir, não é?

— Claro! Nem poderia ser diferente.

— Verdade, mas nem sempre é assim.

— Como assim? Não entendi.

— Não é sempre que a gente é ouvido, que querem nos ouvir.

— Também é verdade, mas, aqui, comigo, sabes que isso não existe.

— Sei, sim.

Realmente, não posso reclamar nesse sentido. Aqui falo o que penso, recebo respostas, questiono coisas, ou seja, faço perguntas e não fico sem respostas. Já meu pai, ao contrário, sequer me ouve.

— Posso saber o que o moço estava pensando?

— Podes.

— Opa! Vamos lá então.

— Por que uma pessoa se aproxima da outra?

— Uma pergunta difícil, muito ampla.

— Refazendo então. O que leva um colega a convidar o outro para ir à sua casa?

— Ora, ele convida, pois ele gosta do amigo. Nós só queremos ficar junto a pessoas de que gostamos.

É a primeira vez que sou convidado para ir à casa de um amigo; isso nunca tinha acontecido comigo. Pelo que eu entendi, o Caio deve gostar de mim. Espero que o meu pai deixe eu ir lá, gostaria muito. Claro, vou ficar nervoso na hora, mas, ainda assim, quero ir.

— Foste convidado por alguém?

— Sim, o Caio, meu colega.

— Que coisa boa!

Não vou dizer para ela que talvez eu não possa aceitar o convite do Caio, pois meu pai pode não deixar. Prefiro guardar essa informação comigo. É apenas mais uma para guardar, junto com tantas outras, na minha caixa-preta. Acho que todos têm as suas; talvez a minha seja maior, apenas isso.

— Pelo que estou entendendo, hoje vamos ficar mais sentados aqui.

— Sim, eu prefiro.

— Não vais querer ir até o mar? Lembro que na semana passada desafiaste a areia; será que não chegou a hora do mar?

Uma boa pergunta. Será que já estou preparado para ir ao mar? Uma coisa é certa: aqui posso, aqui sou livre para decidir o que quero fazer. Curioso, mas, ainda assim, não raras vezes eu paro, penso e não faço um monte de coisas.

— Acho que vou ao mar.

— Olha só! Uma semana após a outra um novo desafio.

— Mas, quero ir correndo.

— Tudo bem. Como quiser.

— Entretanto, quero que vás comigo.

Pode parecer que não quero ir sozinho por medo, mas não é nada disso. Aqui, meus medos vão desaparecendo aos poucos. Quero ir com ela, pois preciso de uma companhia; vivo muito só. Assim vivo pouco. Sei de parte das minhas limitações, mas, ao mesmo tempo, sei do que sou capaz.

— Vamos, então! Estou pronta.

— Já? Assim tão rápido!

— Sim, muito rápido.

— Olha que eu sou muito rápido.

— Ah é! Quero ver se vais me ganhar.

Saio correndo, revezando meu olhar para a frente e para o lado. Para a frente, o lindo azul do mar, a imensidão, o branco da espuma das ondas, que, de tempo em tempo, ilumina a tonalidade escura de um oceano misterioso. Para o lado, olhando para ela, que me acompanha, lado a lado, simbolizando algo que eu gostaria de ter de forma permanente, uma pessoa se esforçando para estar comigo, ao meu lado, por gostar de mim. Minha velocidade, aos poucos, vai se tornando maior que a dela, o esforço dela vai aumentando, para tentar manter-se passo a passo ao meu lado. Sou muito veloz. Naturalmente, ela ficará para trás. Mas, lembro-me do quadro com as duas mulheres correndo na praia, e lá elas estão lado a lado; poderiam estar competindo, mas preferiram estar juntas, de mãos dadas, como se uma estivesse auxiliando a outra, mantendo um momento de alegria e de felicidade conjunto.

— Meu Deus! És muito rápido mesmo.

— Eu falei.

— Ai! Estou cansando.

— Calma! Dá-me a mão aqui. Vamos juntos.

Juntos, de mãos dadas, vamos nos aproximando daquele oceano enigmático. Agora revezo o sorriso lateral com o olhar dramático frontal acerca do que está por vir, o mar, sim, finalmente o mar. Vamos reduzindo a velocidade e chegando cada vez mais perto da areia úmida, para depois alcançar a areia molhada e, finalmente, as ondas do mar.

— Preparado?

— Acho que sim, ou melhor, sim, estou preparado.

— Não quer mais me dar a mão?

— Não precisa.

O meu próximo passo tem como destino a areia úmida. Não hesito. Sem reduzir a velocidade, coloco o meu pé direito sobre a areia e sinto a umidade na sola do meu pé. Tudo muito estranho, digo, novo. Diferente do que eu imaginava, a sensação é boa; aquela areia que era fofa e solta enquanto seca, agora é dura e compacta, e isso não me incomoda; ao contrário, me sinto bem, equilibrado, com a sensação de que é algo que eu sempre procurei, mesmo sem ter consciência clara disso.

Sigo em frente e, após mais alguns passos, me vejo na areia molhada. Agora os meus pés, em parte, afundam em meio à areia, que parece ser fina, como se estivessem sendo engolidos por uma areia movediça. Num movimento tênue, a água bate nos meus calcanhares e alcança até mesmo as minhas canelas; sinto uma sensação de acolhimento e de integração; vejo-me fazendo parte de algo.

Em seguida, recebo as ondas, elas mesmas, as ondas que eu sempre observei de longe, com suas espumas, as quais eu, por um lado, tanto temi, e, por outro, tanto idealizei como algo agressivo. De perto, entretanto, recebo uma forte energia, que elas projetam como fonte de uma força toda especial, que me empodera. Nunca imaginei que poderia me sentir assim.

Não consigo sair daqui, não consigo parar de olhar para o mar, não consigo parar de sentir meus pés na areia molhada, as ondas batendo nas minhas pernas e seus pingos, de forma aleatória, encontrando as outras partes do meu corpo, das coxas até a cabeça. Agora, sinto-me seguro, acolhido e forte. Ao dar meia volta e começar a sair do mar, levo a certeza de que isso tudo, a partir deste instante, sairá comigo e nunca mais vai me deixar.

— Trouxe uma toalha.

— Obrigado, mas não é preciso.

— Não estás com frio?

— Não. Estou bem, nunca me senti tão bem.

É verdade, nunca havia me sentido assim. Estou pronto para todo e qualquer desafio, tenho certeza disso. Venci meus medos, ultrapassei obstáculos que pareciam impossíveis, provei para mim mesmo que eu posso, que eu posso bem mais do que eu imaginava possível, me descobri diferente do que eu antes imaginava ser.

— Não quer a toalha mesmo?

— Qual é a toalha?

— É a da moça e do espelho.

— Podes abri-la para mim?

— Claro!

Quando vejo a toalha aberta, reencontro aquela imagem, a moça em frente ao espelho. No espelho, refletida uma imagem totalmente diferente dela: escura, velha e triste. Agora entendo. Cada um pode se reconhecer de forma diferente, mas seremos aquilo que sentirmos. Hoje me enxergo outra pessoa, sou outra pessoa.

— Vais querer a toalha ou não?

— Sim, por favor, mas não vou me secar; apenas quero ficar um pouco com ela.

Saio caminhando, a passos lentos, segurando a toalha, em linha reta, de costas para o mar, de queixo erguido, de peito inchado, ereto.

16. Nosso passado, nosso presente

— Oi, pai!

— Oi, Caio!

— O meu colega ainda não me disse se vai vir lá em casa esta semana.

— Falaste com ele na escola?

— Não, ontem eu não fui, lembras? Estava com febre.

— Sim, verdade. Havia esquecido. Que bom que já estás bem!

— Sim, estou ótimo. Ele poderia ter me enviado uma mensagem.

— Verdade. Quem sabe você envia uma para ele, questionando?

— Será?

— Ué! Qual é o problema?

Vejo com o Caio um fenômeno que não acontece somente com ele, mas com as crianças e, até mesmo, adolescentes, da atual geração. Como posso definir, deixa eu pensar. Talvez, uma falta de iniciativa para o incremento de relações sociais, contato direto, pessoal. Isso já pode ser o reflexo da informatização da vida deles, pois, querendo ou não, as relações que se dão entre eles, jovens, já são mais virtuais do que presenciais. Não estou, com isso, dizendo que se trata de algo que ocorre apenas com eles, jovens; é evidente que os adultos já estão, também, com as suas relações muito afetadas por esse fenômeno.

A questão é que os jovens não tiveram a experiência anterior; diante disso, minha sensação é de que tudo se torna mais difícil, o desafio é maior. Nessas horas, para um pai, resta uma dúvida permanente: qual é o limite de sua intervenção, qual o momento em que se está passando da limítrofe fronteira entre o estímulo e um exagerado e tóxico controle. Questiono, de forma permanente, quais são meus recursos pessoais; a separação pode ter me retirado a possibilidade de tornar esses recursos mais qualificados.

— Verdade. Vou enviar a mensagem.

Acredito que essa interação do Caio com o amigo vai ser muito positiva para ambos. Sem fazer qualquer espécie de julgamento, jamais faria isso, nem mesmo uma leitura precipitada à distância, noto que o filho do Albert parece ter características próprias que indicam uma pessoa com deficiência. E o Caio parece nutrir um carinho genuíno por ele, o que pode fazer com que eles estabeleçam uma ótima relação de amizade, daquelas que todos se beneficiam.

— Pai, olha só!

— Diga. Não consigo olhar, pois estou dirigindo.

— Ele aceitou. O pai dele deixou.

— Que legal, meu filho! Não te esqueças de avisar a tua mãe.

— Pode deixar.

Caio está muito feliz; ele não consegue esconder isso. Chega a cantarolar. Segue enviando mensagens e, pelo que vejo, recebendo respostas. Não adianta. Essa é a comunicação entre os jovens, é assim. Enquanto isso, sinto-me mais motorista do que pai. Entretanto, não me importo; sei que o mais relevante é ver o Caio assim como estou vendo. Quando passar dos limites, intervenho.

— Ufa! Deu, pai. Combinado. E já avisei a mãe.

— Ótimo! Seguimos para onde havíamos combinado ir?

— Sim, vamos em frente.

Combinei com o Caio, por iniciativa dele, visitar minha irmã, Laís, que está na cidade a trabalho. Quando falei para ele que ela estava aqui, de imediato ele pediu para vê-la. Ele a viu poucas vezes, pois, quando ele tinha cinco anos de idade, a empresa na qual ela trabalhava transferiu-a para uma cidade muito distante daqui, fato que tornou o contato com ela muito raro. O curioso é que, ainda assim, vejo que o Caio parece guardar muita intimidade e carinho para com ela. Sempre contei para ele muitas histórias do nosso passado familiar, a experiência de ter irmãos, coisa que o Caio nunca teve, incluindo desavenças, brincadeiras, competições, carinho, brigas, abraços, diferenças, etc. Acredito que ele tem essas memórias afetivas, memórias que mostram, de forma indiscriminada, o bom e o ruim, o que deu certo e o que deu errado, ou seja, a vida como ela foi e como ela é.

— Vamos encontrar a tia Laís onde?

— Não vais acreditar!

— Onde, pai?

— Adivinha.

— Não pode ser, não, não pode ser!

— Onde? Quero uma resposta.

— No Parqueto?

— Sim!

Caio vibra com a minha resposta. Muitas foram as vezes que eu narrei para ele, desde pequeno, que nos finais de semana, normalmente aos domingos, meus pais levavam todos os filhos para um piquenique nesse parque, que chamávamos de Parqueto, pois meu irmão menor, já falecido, sabe-se lá por quê, bem pirralho, assim o batizou. Chegando ao Parqueto, estaciono o carro e descemos. Da mesma forma como fazia com meus pais, abro o porta-malas e de lá retiro uma cesta de alimentos e uma sacola com bebidas. Caio faz questão de levar uma delas, ficando com a mais leve. Caminhando, dirigimo-nos para a entrada do parque, e não tenho como negar que lembranças me vêm à mente; o significado desse lugar para mim é muito grande. Aqui vivi momentos muito especiais; aqui estive com meus pais e meus irmãos, em roda, todos olhando para todos; aqui corri atrás de cada um deles e correram eles atrás de mim; aqui brigamos pelo pastel de carne que sobrou; aqui rolamos na grama até cair com os braços no formigueiro; aqui puxei, covardemente, os cabelos da Laís, certo de que ela não conseguiria se vingar em mim da mesma maneira; aqui talvez seja o lugar onde mais eu vi minha mãe e o meu pai sorrirem.

— Pai, como vamos encontrar a tia? O Parqueto é enorme.

Após um sorriso e um abraço lateral no meu Caio, respondo:

— Não te preocupes, Caio! Será fácil.

Em menos de cinco minutos de caminhada, já é possível visualizar minha irmã, exatamente naquele local onde nós sempre ficávamos, embaixo das duas figueiras, que meu pai chamava de figueiras irmãs. A toalha já está estendida no gramado e a sombra das árvores contempla um ambiente agradável, com cheiro de passado. Aproximamo-nos, e Laís nos vê, levanta-se e fica nos observando com um sorriso lindo no rosto e a mão direita nos abanando.

Quando chegamos lá, sequer há tempo para colocarmos a cesta e a sacola no chão; recebemos um abraço que nos envolve conjuntamente, isso mesmo, um abraço só entre os três. Um abraço muito demorado, forte. Ao término, os rostos estão molhados pelas lágrimas que escorrem naturalmente, procurando os seus caminhos. Caminhos, isso mesmo, tal como ocorreu com nossa família, cada um trilhou e ainda trilha os seus caminhos, o que não nos impede de nos amarmos.

Sentamo-nos na toalha e ficamos durante várias horas conversando, contando aquelas velhas histórias, das quais o Caio é, muitas vezes, um contador coadjuvante, de tanto que ele as ouviu, dando a impressão, muitas vezes, de que ele as viveu também. Comemos e bebemos as mesmas coisas que comíamos lá atrás, corremos os três, caímos, nos sujamos. Até que chega a hora de ir embora. Na vida é assim; as coisas terminam; sempre há uma hora de ir embora. A despedida é tão emotiva quanto a recepção. Terminamos novamente abraçados os três, felizes, mas tristes, se é que é possível entender. Minha irmã ruma para sua cidade e eu levo o Caio para a casa dele, de sua mãe; despedidas, sempre despedidas.

17. Meu presente

Acho que, finalmente, Deus ouviu as minhas preces. O silêncio hoje aqui dentro deste carro é regozijante; só assim que posso defini-lo. E já se passaram quase cinco minutos que saímos de casa; normalmente, já corre um blá, blá, blá infernal lá atrás. Acho que eu mereço isso. São tantos anos de dedicação, sacrifício! Sei que não deveria reclamar; afinal, formei outra família maravilhosa, dentro dos meus padrões, das minhas expectativas; sou um vitorioso. Está chegando o grande dia, o jogo da final do campeonato do Lorenzo; estamos a um passo do desfecho maior.

— Pai!

Será que já vai começar o barulho lá atrás? Não me digam isso, por favor! Vou fazer de conta que não estou ouvindo. Quem sabe não é apenas um alarme falso...

— Pai, estás me ouvindo?

Ao menos é comigo.

— Diz!

— Eu gostaria de levar um presente para o Caio quando eu for na casa dele na próxima semana. Posso?

Era só o que me faltava! Agora, além de todos os custos, comprar presentes. E, além do gasto, o desperdício de tempo.

— Achas que é necessário?

— Não se trata de ser necessário; é que eu gostaria.

— Bom, então vou falar com a tua tia Simone e ver se ela pode te ajudar nisso.

A Simone, minha esposa, se presta para essas coisas, talvez tenha mais paciência que eu. Seja lá o que for, me tira uma parte, ainda que pequena, do peso do dia a dia. Acredito que ela pode resolver isso; quem sabe até não o convence de que não é necessário comprar presente.

— Obrigado, pai. Falo com a tia Simone, então.

— Deixa que ela vai falar contigo. Não a incomodes. E já estamos chegando. Vai te preparando para descer.

Nessas horas, o melhor é cortar o papo logo.

— Chegamos. Podes descer.

Desço do carro e não olho para trás. A sensação que tenho é de que não me dói mais tanto o que ocorreu há pouco, ao contrário do que acontecia antes. Isso! Eu me dou conta de que me doía; não enxergava, mas sentia. Caminho em linha reta sem olhar para trás; é assim que se caminha em direção a uma expectativa de futuro, e de um bom futuro.

18.

Confiança

— Olá!

— Olá! Como estás?

— Bem, muito bem!

— Que bom! Aconteceu algo?

— Sim, na próxima semana vou visitar o Caio, meu colega.

— Verdade? Lembro que mencionaste isso na semana passada.

— É, mas agora meu pai já autorizou.

— Ah, não sabia que ainda havia essa pendência.

— É, mas havia...

Não quero enfatizar demais essa questão, os dias em que eu fiquei tenso, aguardando a demorada resposta do meu pai. Sempre tento evitar exteriorizar essas coisas; guardo somente para mim. Tão logo voltar para casa, vou falar com a tia Simone e questioná-la sobre a ajuda para a compra do presente do Caio, não vou esperar que ela fale, não há motivos para isso.

— Gostas de ganhar presente?

— Sim, gosto. Acho que a maioria das pessoas gosta, não?

— Acho que sim. Vou levar um presente para o Caio; é a primeira vez que vou na casa dele, na verdade, de um amigo.

— Ótima ideia, um gesto de educação.

Foi exatamente isso que eu pensei, educação. O Caio me convidou, educadamente, e eu aceitei o convite, e devo, também educadamente, levar um presente para ele.

— Já sabes o presente?

— Ainda não.

— Mas não tens nem ideia?

— Ter, eu tenho, mas é surpresa.

— Quanto mistério! Mas tudo bem, adiante me contas?

— Claro!

Como é bom quando os mistérios não são segredos que nos corroem por dentro, quando os mistérios são, simplesmente, ganchos para bons momentos futuros! Um secreto que não gera medo; o escondido puro e ingênuo, que não faz mal a ninguém. Tudo na vida, pelo jeito, é usar adequadamente aquilo que nos é oferecido; o uso distorcido é que nos prejudica e torna tudo mais difícil e, muitas vezes, triste.

E para hoje, alguma ideia?

— Não havia pensado em nada.

— Na última vez, foste ao mar. Foi incrível, não é?

— Sim, demais.

— Quer ir novamente?

— Quero, mas desta vez quero mergulhar.

— Olha só! Vamos em frente. Sozinho ou juntos?

Ouço a pergunta, mas sequer preciso responder. Evidentemente que quero ir sozinho. Tenho que aproveitar a satisfação que decorre dessa segurança que agora sei que tenho, uma espécie de força que eu não sabia ter. Volto-me em direção ao mar, aquele oceano que sempre me pareceu infinito e, por isso, talvez, me gerasse tanto temor, insegurança. Vejo aquelas ondas quebrando, uma após a outra, que ainda ontem me sugeriam agressividade, e me davam medo. A cada passo que dou, entretanto, ao contrário do que ocorria, me sinto melhor, mais apto aos desafios que decidi enfrentar. A areia seca não mais me afeta; posso colocar meus pés sobre ela, pegá-la com as mãos e, se preciso fosse, até mesmo esfregar no meu corpo. Na areia molhada, sinto até mesmo um certo conforto, e, o melhor, lá eu encontro as tatuíras, elas mesmas, que lá atrás tanto estimularam minha curiosidade; vejo que elas estão espalhadas na beira do mar, algumas em grupo, outras sozinhas, imitando a vida de nós homens. É tudo mais simples do que eu imaginava lá atrás. Quando a água começa a bater nas minhas pernas e sobe em direção ao restante do meu corpo, sinto-me abraçado, acolhido e, de forma súbita, entendo que chegou a hora do algo mais, quiçá, da prova final: mergulho.

Faço isso de olhos fechados, com dois dedos segurando o nariz, comprimindo as partes externas laterais, de modo que, mesmo com a maior das tentações ou reflexos, eu não consiga aspirar a água. Nos poucos segundos que estou submerso, há tempo suficiente para, primeiro, sentir o sal do mar tomando conta do meu corpo e, ao mesmo tempo, o frescor imposto pela temperatura da água. Depois, também, tempo para pensar, pensar que estou sonhando, que aquilo que parecia impossível se tornou realidade.

Deixo o mar calmamente, sem sobressaltos, lamentando que a praia não esteja lotada para simplesmente ser mais um fazendo aquilo que todos fazem. Isso mesmo, simplesmente ser mais um, por mais incrível que possa parecer, isso é o bastante. Sigo meus passos com uma naturalidade que agora é minha também, um a um.

— Viste que mergulho?

— Sim!

— Por essa, acho que nem eu esperava. Pensando bem, esperava sim.

— Eu também esperava.

Quando ouço essa frase, "eu também esperava", paro no tempo para refletir. Além da minha autoconfiança, alguém mais confia em mim. Finalmente, alguém confia em mim.

— Acho que já está na hora de ir embora.

— Sim, infelizmente, hoje passou tudo muito rápido.

— Mas te divertiste, não é?

— Sim, muito. Posso levar uma toalha comigo hoje?

— Claro. Qual delas.

— A das duas mulheres correndo, por favor.

19. Sempre coincidências

Mais uma vez o Caio pede para eu entrar na casa, ou seja, em menos de um mês, volto duas vezes para a casa onde moramos juntos. Desta vez, ao contrário da primeira, sem tensões. Enquanto percorro o caminho do meu escritório até a casa, me permito reviver o percurso como se voltasse ao passado, o mesmo caminho que antes eu fazia diariamente e que, agora, faço semanalmente. O curioso é que o voltar ao passado muda completamente o viés do meu pensamento; faço de conta que estou voltando para casa para lá ficar; esqueço, de propósito, que é uma ida semanal. Permito-me usufruir de uma época em que eu me sentia mais feliz, mais completo, e olho para as árvores que lateralmente me acompanham na grande avenida, encontrando-as mais frondosas, como se estivéssemos na primavera; coloco a música *Tennessee*, numa versão instrumental de Hauser, na qual o violoncelo é protagonista de uma sensibilização interior indescritível; abro o vidro e deixo o vento entrar, um ar exterior que bate contra o meu rosto, acarinhando-me, concedendo-me o encanto de verdadeiramente respirar; quando ingresso na rua onde estão os bares e restaurantes, vejo as pessoas sentadas nas mesas de rua e recebo a energia positiva da felicidade que brota do encontro entre amigos. Enfim, me autorizei a sonhar, ainda que por um tempo limitado, e sonho.

Chegando na casa do meu filho, estaciono o carro e por alguns segundos tento retirar a capa que eu vesti durante todo o trajeto, despindo-me, acima de tudo, da emoção que tudo isso me trouxe. Abro a porta do carro, entretanto, com naturalidade, a naturalidade que recebi quando da recepção anterior. Antes mesmo de eu me aproximar, vejo que a porta está se abrindo, e quem abre é o Caio. Entro, recebo um beijo, e nos dirigimos à sala de estar. Lá chegando, Cíntia me recebe com um café e um sorriso, um sorriso que eu tanto conheço e do qual jamais me esqueci. Ela se levanta e, após um beijo no meu rosto, diz:

— Oi, Beto!

— Oi, Cíntia! Tudo bem com vocês?

— Sim, tudo muito bem.

Ainda que eu saiba que o Caio está bem, pois vejo isso semanalmente, sempre me tranquiliza ouvir da mãe dele que ela tem a mesma impressão. Além disso, é claro, fico feliz de vê-la bem também.

— Mãe, fala para o pai.

— Beto, é o seguinte: como sabes, o Caio combinou com o amigo de ele vir aqui em casa na próxima semana.

— Sim, claro.

— A questão é que ele não se deu conta e combinou exatamente no teu dia, no dia em que buscas o Caio.

Num primeiro momento, confesso que me sinto incomodado. Só tenho um encontro semanal com o meu filho e justamente neste dia surge um compromisso. Mas, acredito que a vinda para cá, aquele percurso no qual foi possível sublimar a vida, e, portanto, a nossa vida, seja a que já existiu, seja a que agora existe, impossibilitou que eu tivesse alguma reação intempestiva. Apenas olho para eles e nada respondo.

— E o Caio teve uma ideia. Vai, Caio, conta para o teu pai.

— Pai, a ideia é almoçar aqui com a mãe e depois irmos eu e ele contigo.

Ouço a proposta e entendo a grandeza do gesto de ouvir, pensar e somente por último falar. Uma proposta linda: conviver com o meu filho e um amigo. Caio me olha com os olhos bem abertos, como que dizendo: responde ou aceita, e, pela inquietude demonstrada, deseja uma resposta rápida.

— Claro, meu filho! Acho que vai ser ótimo.

— Obaaaaa!

Caio, correndo, vem me abraçar. Cíntia, à distância, lança mais um sorriso e, ao meu ver, deixa transparecer um quê de emoção.

— Combinado, então. — Diz Cíntia.

— Sim, combinado. Vamos lá, Caio. Não podemos perder tempo.

Saímos da casa, mais uma vez juntos, e fomos caminhando, de mãos dadas, em direção ao carro. Mais um percurso nosso está por vir, pai e filho. A cada dia, caminhos mais maduros, fruto de uma adaptação a uma nova mesma vida, isso mesmo, novos rumos, mas sem rupturas. Acredito que isso faz muito bem para todos, para nós três; em especial, é claro, para o Caio.

— Filhote, temos que pensar, então, no que vamos fazer no nosso especial passeio da próxima semana.

— Sim, podes deixar que eu já estou pensando.

Ao terminar de falar, vejo que o Caio não consegue deixar esconder que está tramando alguma coisa; isso fica nítido no olhar e até mesmo na voz dele. Conheço bem essa figurinha, que é o meu filho. Que bom vê-lo tão bem!

— Pai, olha lá!

— O quê? Onde?

— Ali na frente! O carro do tio Albert!

— É verdade! Mais uma vez! Que coincidência!

E, realmente, essas coincidências são incríveis. Hoje, saímos bem fora do nosso horário padrão; querendo ou não, a nossa conversa dentro de casa demorou alguns bons minutos. Interessante, começo a compreender esses fatos como uma espécie de entrelaçamento involuntário das nossas vidas, pais e filhos, em seus carros, sempre nos mesmos momentos. Eu e Caio, passando pelos nossos desafios; e eles, seguramente, passando pelos deles. Algumas agruras da vida, sim, sem dúvida. Entretanto, tenho certeza, muito mais recompensas, realizações, sentimentos, emoções, ao menos, para mim, é claro; falo somente por mim. Nem mesmo pelo Caio eu ouso falar; ele tem e sempre terá as suas reflexões sobre o que passou e, principalmente, sobre o que ainda vem pela frente. Sobre a relação do Albert com o seu filho, nada sei, ainda que, por essas coincidências aparentemente inexplicáveis, haja um paralelo momentâneo em nossas vidas.

— Acho que não vamos conseguir chegar próximo a eles, pois vão dobrar à direita.

— Sim, Caio, e nós vamos seguir reto.

— Que pena! Queria dizer para o meu amigo que estou vendo ele, mas se eles já estiverem longe não tem graça.

— Ora, fala para ele na escola, que vimos eles. E, depois, na próxima semana, estaremos os três juntos, não é?

— Sim!

Curioso! Hoje tive a sensação de que o Albert nos viu, pelo espelho retrovisor, e acelerou o carro para que não tivéssemos contato. Pode até ser uma precipitação da minha parte, mas, como conheço o Albert, sei que ele seria capaz de uma coisa dessas. Talvez, na próxima semana, tenhamos, naturalmente, uma resposta para isso. Digo naturalmente, pois não pretendo fazer desse encontro, que eu sei que é tão esperado pelo Caio e, por certo, pelo amigo, um momento de investigação da vida alheia e, muito menos, de ênfase a interesses e curiosidades minhas. O momento é deles, dos jovens, e deve ser muito especial, e, sem dúvida, será.

20. Histórias coincidentes

— Vamos lá!

— Estou indo, pai.

— Eu sabia que essa história de comprar presente acabaria nos atrasando. Depois, vou ter que ouvir de alguém que eu não cheguei no horário.

Fui com a tia Simone comprar o presente do meu amigo Caio, sim, meu amigo. Talvez seja a primeira vez que consigo usar essa expressão. Tanto meu pai, como ela, tiveram dificuldades de entender o que eu pedi: comprar um presente para um amigo que me convidou para passar a tarde na casa dele, fato esse que nunca havia ocorrido na minha vida. Meu pai sequer quis me dar atenção, mas já nem espero mais algo diferente dele; já esperei, mas agora não espero mais; acredito que essa parte eu já resolvi comigo mesmo. Já a tia Simone, acredito que poderia ter compreendido, ao menos poderia ter tido um olhar diferente do que teve.

— Queres mesmo comprar um presente para o Caio?

— Sim, quero muito, tia.

— O seu amigo pediu um presente, prometeste algo para ele?

Quando ela fez essa pergunta, não fosse o fato de que agora eu já me sinto mais forte e preparado para o meu mundo, do jeito que ele é, pois quem desafia o mar, com suas forças, aprende a não temer a maioria dos enfrentamentos, mas apenas respeitá-los, eu poderia ter fraquejado. Sinto-me capaz de compreender que alguém possa querer ser meu amigo sem algum interesse, que não preciso comprar uma amizade. Enxergo bem isso.

— Não, tia, nunca me pediram nada, e eu nunca prometi nada.

— Ah, tá. Entendi. Perdoa-me te perguntar essas coisas, mas sabes como é o teu pai, ele me pediu.

Não tinha a menor dúvida de que meu pai seria capaz de uma pergunta dessas. Para ele deve ser inexplicável que alguém queira estar comigo, que possa ter prazer em me ver, que não se importe quando eu falo do meu jeito, que não se incomode quando eu corro; enfim, que goste de mim.

— Sim, tia.

— E o que queres comprar para ele, já pensaste?

— Sim, uma toalha igual a esta.

— Deixa eu ver. Puxa! Muito bonita mesmo! Temos que pensar onde podemos encontrar toalhas assim; ela é bem diferente das que temos em casa.

A tia Simone é uma boa pessoa. Não posso reclamar dela, pois me trata como um filho. Acredito que não faz mais por mim pelo fato de que o meu pai torna isso inviável. A sensação que eu tenho é de que ela sabe que com ele ou se aceita o que ele quer ou a solução é deixá-lo. Não há meio termo com o Albert, ele mesmo, meu pai. E vejo que ela é muito só, tem a mim e ao Lorenzo, cuida da casa e, é claro, está sempre disponível para o meu pai. Espero que ela realmente seja feliz.

— Acredito que nesta loja encontraremos o presente do teu amigo; é especializada em toalhas.

— Legal!

Ingressamos numa loja enorme, o verdadeiro paraíso das toalhas. Por um corredor imenso, longo, com o piso todo emborrachado, começamos a caminhar. Tanto do lado direito como do esquerdo, uma sequência que aparenta um infinito de *araras*, com inúmeras toalhas penduradas, das mais variadas cores, tecidos e tamanhos. Sem dúvida, a tia Simone me trouxe ao lugar certo.

— Bom, agora é tentarmos encontrar a toalha.

— Sim, tia, mas vai ser difícil, não é? São tantas!

— Verdade. Vamos encontrar alguém para nos auxiliar.

Seguimos caminhando, sempre em linha reta, em direção ao fundo da imensa loja, cada um de nós com os olhos atentos às toalhas que lateralmente nos ciceroneavam, por vezes passando as mãos nelas, seja para vê-las adequadamente, seja pela satisfação de sentir nas mãos os mais variados tecidos. Ao contrário do que ocorria no passado, o contato com alguns dos tecidos não me traz mais incômodo. O curioso é que tenho a sensação de que a tia Simone está se dando conta disso, que ela tem sensibilidade suficiente para isso. Em determinado momento, ela pega minha mão esquerda com a sua direita e grita: “Quem tem pressa vai na frente”, e me puxa para correr, abrindo um sorriso, instante em que disparamos em frente, cada um com o outro braço aberto, com as nossas mãos apalpando todas as toalhas que estão expostas. Em determinado momento, paramos, já suados, e encontramos uma vendedora.

— Ufa! Até que enfim te encontramos. — Diz a tia Simone para a vendedora, com um olhar quase que infantil, como de uma criança em meio a um parque de diversões.

— Sim, aqui não é fácil nos encontrarmos. — Responde a vendedora.

— Estamos procurando uma toalha como esta.

A tia Simone, ao falar com a vendedora, retira a toalha da sua sacola. Lentamente, desdobra a toalha e, levantando os braços para cima, expõe-na por inteiro. Lá estão as duas moças correndo. A vendedora, tão logo enxerga a toalha exposta, assim refere:

— Conheço esta coleção, claro. É linda.

— E na loja tem essa toalha para vender? — Pergunto eu, com alguma ansiedade.

— Vou ter que conferir. É uma coleção mais antiga. Venham comigo; se tivermos, estará do outro lado da loja, no final do corredor.

Seguimos caminhando pela imensa loja, atrás da doce vendedora, sendo que, de forma evidente, noto que a tia Simone está preocupada com o horário, pois temos que retornar para casa; meu pai está lá nos esperando.

— Aqui está! — Diz a vendedora.

— Achaste a toalha? — Questiona tia Simone.

— Não, a toalha não, mas a coleção. É uma coleção com toalhas que reproduzem quadros de artistas famosos, neste caso de Picasso. — Explica a vendedora.

— Puxa vida! Não sabia disso. — Refere tia Simone.

— E essa, vocês não têm para vender? — Questiono.

— Não, infelizmente, não tenho essa mais. Mas tenho outras do Picasso ou de outros artistas. Vejam se gostam de alguma. — Refere a vendedora.

Vejo-me de frente para inúmeras toalhas, todas elas com desenhos nos quais se verificam formas geométricas variadas, figuras diferentes do normal, distorcidas. Uma a uma, começo a observá-las, ainda que pressionado pelo tempo, pois a tia Simone começa a ficar cada vez mais tensa por conta do horário.

— Escolhi!

— Muito bem! Qual? — Questiona tia Simone.

— Esta!

— É linda! Deixa eu ver o nome do quadro. Só um minuto, está aqui: *Crianças Escrevendo*. Este é o nome do quadro.

São duas crianças sentadas no chão ao redor de um papel branco; elas têm sobre si iluminações de cores distintas, verde e azul, com alguns sinais brancos; uma delas está escrevendo algo, enquanto a outra apenas observa a primeira, recebendo o braço esquerdo de um adulto sobre seu ombro. Aquele que não está sendo abraçado tem mais tons de branco, dando conta de uma luz maior sobre ele.

— Aqui está. — Diz a vendedora.

— Muito obrigado. — Respondo.

— Vamos embora, que estamos atrasados. — Refere a tia Simone.

Retornamos para casa, e lá está ele, meu pai, nos recebendo com um olhar de reprovação e esbravejando. Tia Simone, chateada, entra em casa. Saímos eu e ele de carro. Ele segue, durante todo o percurso, falando sozinho, sempre de forma agressiva, e eu quieto, apenas pensando, pensando, até porque realmente é estranho ver alguém falando sozinho, mas isso não me incomoda. Que irônico tudo isso!

1.

2.

1. “A família de saltimbancos” (*La famille de saltimbanques*) 1905: National Gallery of Art, Washington.

2. “Duas mulheres correndo na praia”(*Deux Femmes courant sur la plage) (La Course)*, 1922: Museé National Picasso, Paris.

3. “Mulher chorando” (*Femme en pleurs*), 1937, Tate Gallery, Londres.

4. “Garota em frente ao espelho” (*Jeune fille devant un miroir*) (*Girl before a Mirror*), 1932: Museum of Modern Art., New York.

5. “Crianças escrevendo” (*Claude dessinant, Françoise et Paloma*), 1954, Museé National Picasso, Paris.

3.

4.

5.

— Algumas vezes eu acho que vou enlouquecer. Correndo, atrasado, porque o reizinho aqui queria comprar uma toalha. Só falta eu perder o treino do Lorenzo.

Está chegando a data da final do campeonato de que o meu irmão, o Lorenzo, está participando. Acho que ele vai ganhar; ele joga muito! Queria ir lá assistir à partida final. Sei que ele queria que eu fosse. Mas, sabe-se lá por qual motivo, meu pai não quer me levar, já avisou. Nem vou falar com ele sobre isso mais.

— Ao menos está chegando o dia da final, e a consagração está por vir. Com a vitória do Lorenzo, saiam da minha frente! Vou patrolar a tudo e a todos. Isso mesmo, o velho Albert, estratégico, com seus objetivos atingidos, terá voltado. Meu Deus, era só o que me faltava! Olha quem vem lá atrás! Vou converter imediatamente à direita.

Nunca o vi falando desse jeito. Fosse em outro momento, acho que teria até medo. Não que o silêncio dele não me trouxesse um sentimento parecido, mas acredito que naquela época eu me distraía internamente, diferente de hoje, que eu me abri para o que está à minha frente, sei lá...

— Chegamos!

— Posso descer, pai?

— Sim, claro! Se chegamos, evidente que podes descer.

Desta vez eu desço do carro sem sequer olhar para trás. Caminho reto, pois sei para onde estou indo e gosto de estar aqui. Ouço o barulho do carro indo embora, e isso não me passa nenhuma insegurança; este sou eu agora.

21. Segurança e felicidade

— Olá!

— Olá! Que cara boa!

— Sim, estou muito feliz.

— Me conta. Algo novo?

Fico pensando como contar. Melhorei, mas ainda tenho algumas dificuldades para expressar meus sentimentos. Acredito que essa não é uma dificuldade somente minha, nem apenas de crianças. Sento-me na toalha, olho para ela e digo:

— Já comprei um presente para o meu amigo Caio.

— Achei muito educado da tua parte. Vais levar na próxima semana, no dia da visita?

— Sim. Vou levar na próxima semana.

— Muito legal! O que compraste para ele?

— Adivinha.

— Deixa eu pensar... uma bola?

— Não, nem sei se ele gosta de bola; nunca vi ele jogando lá na escola.

— São tantas as possibilidades... Um brinquedo, uma roupa, um doce, não sei, me ajuda.

— Comprei uma toalha.

— Que joia! Olha só! Quanto mistério!

— Uma toalha do Picasso, como esta em que estamos sentados e como a das moças, que levei comigo.

— Puxa! Que máximo! Mas, sabias que eram obras de Picasso?

— Eu não sabia. Descobri hoje.

Mais do que isso, na sacola em que a vendedora colocou a toalha encontrei um folheto no qual constavam frases atribuídas a Picasso; uma delas dizia: "Eu não pinto as coisas como as vejo, mas como as penso". Acho que a partir dessa frase eu entendi melhor Picasso.

— E hoje, o que faremos?

— Estava pensando, quando vinha para cá, conversar sobre as nossas toalhas?

— Vamos, claro!

— A que está lá em casa, qual o nome do quadro?

— O nome é *Duas Mulheres Correndo na Praia*.

— E este da toalha em que estamos sentados?

— Este é *Mulher em Frente ao Espelho*.

Interessante! Os títulos são simples, bem lógicos. Talvez, se eu tivesse que intitular os quadros, daria os mesmos nomes. O gênio usou simplicidade; isso mesmo, o simples pode ser genial. E genial ele foi também ao pensar as coisas e as pintar. Um dia vou propor trazer o Caio aqui, para que ele traga a toalha nova. Acho que vai ser bem legal. Nós três sentados aqui, nas três toalhas.

— Pensativo?

— Um pouco.

— Ficas por aqui ou queres ir ao mar?

— Vou dar um pulo lá; afinal, agora que eu já conquistei essa, tenho que aproveitar, não é?

— Concordo.

Tudo parece simples agora. O que antes era tão complicado, agora é natural. Levanto-me, começo a caminhar e em segundos já me vejo dentro da água, com as ondas batendo no meu corpo. Mas sempre há a possibilidade de uma novidade; isso eu aprendi; basta prestar atenção. Quando as ondas batem em mim, vejo que as espumas que se envolvem sobre o meu corpo, em especial na parte submersa, quase que me acariciam, me abraçam em movimento, gerando uma espécie de massagem, e até mesmo cócegas. São espumas mágicas, bem brancas, que, com o vento, começam a saltar para todos os lados. Tento alcançá-las, mergulho novamente, volto a sentir as massagens e as cócegas. E, enquanto isso, o mar vai e vem, de forma sistemática e repetitiva, mas, ao mesmo tempo, sempre de maneira diferente. Que magia que é o mar! Resolvo sair da água e caminho com o impulso das ondas que batem às minhas costas, depois apenas nas minhas pernas, panturrilhas, até que estou com os pés na areia molhada, na beira do mar, junto com aquelas tatuíras todas, elas mesmas, algumas sós e outras em grupos, imitando a vida. Sigo pela areia e me sento na toalha novamente.

— E aí, como foi?

— Foi ótimo!

— Divertido?

— Muito, demais!

— Você gosta da praia, não é?

— Sim, gosto muito. Lamento que meu pai nunca tenha me levado à praia; ele não gosta, sabes como é.

— Sim, sei, claro.

— Sabes o que mais me fascina? É que o mar é algo permanente, mas nunca igual.

— Bem pensado. Certa vez, Picasso, explicando um dos seus quadros, disse: "A maré sobe ou desce, mas o mar está sempre presente".

É como a vida, não é? A realidade se transforma a todo momento, mas é sempre realidade. E com as ondas, a mesma coisa: elas sempre são diferentes, seus movimentos são distintos, e não há nada de errado nisso; muito antes pelo contrário, parabéns às diferenças e aos diferentes.

— Na próxima semana eu não venho, lembras?

— Sim, lembro, dia da visita ao Caio, correto?

— Sim.

— Não há problema. Eu já tinha me dado conta. Vou aproveitar para conversar com o teu pai.

22. Acerto de contas

Nem acredito que estou indo para a casa do Caio, que vou visitar um amigo. Não posso negar que estou um pouco nervoso; acredito que seja natural; afinal, é a primeira vez. Entretanto, não me vejo com as demais inseguranças que antes eu tinha, não sofro com a ausência do meu pai, a ausência permanente de quem está a menos de dois metros à minha frente, não tenho medo do que ele possa me dizer, nem mesmo do que ele possa estar pensando. Isso não quer dizer que eu não me importe com isso tudo; claro que me importo, mas agora já não me faz tanto mal como já fez.

— Já estamos chegando. Não vai esquecer a tua mochila e o famigerado presente, que tanto nos trouxe problemas na semana passada.

— Já peguei, pai.

— E te comporta lá. Não vai me fazer passar vergonha na casa dos outros.

— Pode deixar, pai.

— Chegamos. Podes descer. Teu amigo já está ali te esperando.

Entregue. Agora, a segunda parte, ir lá falar com ela. Uma sensação de tempo perdido no passado e de mais um tempo a ser perdido, exatamente isso. Ao menos, sozinho no carro, me vejo com mais liberdade, consigo ter o foco nas coisas que me pertencem, sem que tenha que dividir minha atenção com um problema que caiu no meu colo, o que me alivia. Ingresso nas minhas redes, monitorando minha realidade, aquela na qual eu vivo aquilo que me interessa e que vejo interessar aos demais. Isso mesmo. Vejo que o verdadeiro mundo paralelo é o de que eu me afasto, a partir do momento em que ingresso nos meus aplicativos. Assim, passa rápido e, quando me dou conta, já cheguei ao meu destino. Notícia boa? Por um lado, sim, por outro não. Bom, pois ao menos já cheguei, percorri essa distância que semanalmente me cansa; ruim, pois não acredito em boas notícias nem mesmo tenho ânimo para conversar com ela. Vamos em frente! Sou Albert, não tenho papas na língua e não levo desaforo para casa; assim, ao menos sei que o meu desgaste vai ser menor.

— Boa tarde, Albert. Tudo bem?

— Boa tarde. Tudo bem, sim, tudo bem. Estou com pressa. Vamos tentar ser objetivos.

— Gostaria de começar ou preferes que eu comece?

— Para mim é indiferente.

— Bom, sendo assim, começo eu. O Júnior tem comentado algo sobre os nossos encontros, principalmente os últimos?

— Não. Nunca comentou nada. Ele não é de muita conversa, sabes.

— E não percebeste nada diferente nele?

— Não percebi nada. Para mim, tudo continua igual e muito ruim; pior impossível.

— Isso não me parece justo.

— Justo? O que é justo? Eu ter que viver com uma criança como ele, que me gera frustrações diárias, que me retira a plenitude das minhas realizações?

— Ele é teu filho.

— Mas ele não é somente meu filho.

— Albert, acredito que esse seja o ponto crucial: ele é somente teu filho. Vais ter que compreender que a Eva faleceu e que imputar a ela a responsabilidade pelo fato de ele ter as características que tem, além de ilógico, não trará nenhum benefício para ninguém. Isso não ajuda no tratamento do Júnior; muito pelo contrário, traz óbices desnecessários. Júnior é forte, tem lutado contra tudo isso e demonstrado uma evolução além de toda e qualquer expectativa.

— Exato. Não devo falar sobre a Eva, mas tenho certeza que parte do que está acontecendo vem dela e daquela família desorientada que ela tinha. Agora, evolução? Qual evolução, me diga? Aliás, me diga o que ele faz com você todas as semanas, quando eu atravesso a cidade para trazê-lo aqui? Fica falando sozinho? Fica em silêncio? Fica correndo pelo seu consultório?

— Acredito que nossa conversa pode ser melhor se te acalmares e deixares o nosso diálogo ser civilizado.

— Civilizado, sempre este tipo de argumento, o politicamente correto. Existe uma questão concreta e o nosso diálogo deve ser concreto. Mas, tudo bem, posso tentar me acalmar. Agora, responde.

— O tratamento do Júnior tem dado uma resposta excepcional. Explico. Tu te recordas daquele material da Eva que deixaste aqui comigo na nossa primeira consulta, este aqui?

— Falas daquela sacola cheia de bagulhos que aquela amiga dela, a Helena, me entregou?

— Sim.

— Nem abri aquela sacola, nem vi o que havia lá dentro. Era uma sacola com algumas coisas que a Eva tinha lá naquela casa de praia dela. Aliás, casa de praia onde eu nunca estive.

— Exato. Aquela sacola. Nela havia um caderno com inúmeros desenhos que ela fez, todos os desenhos com ilustrações de imagens de praia.

— Imaginei que eram bobagens, então acertei.

— Além dos cadernos, lá estavam também duas toalhas.

— Sim, e daí?

— O tratamento do Júnior tem se dado a partir desse material.

— Como? De cadernos e de toalhas?

— Exatamente. Na primeira sessão que tive com ele, de forma proposital, deixei à vista dele um dos cadernos, aberto na primeira página. Ao vê-lo, eu perguntei para ele se ele havia gostado, e ele respondeu que sim. Disse para ele que eram cadernos da mãe dele. Ele nunca tinha visto nem sabia da existência dos cadernos.

— Nem eu sabia. Nunca tinha aberto a tal sacola.

— Imaginei isso. A realidade é que nós passamos a fazer as sessões sentados nas toalhas, no chão. E ele passou a ingressar no mundo das ilustrações da mãe, viver aquele espaço de tempo lá dentro, expondo, a partir dali, as suas dificuldades, mas, ao mesmo tempo, lutando contra elas com uma força incrível.

— Isso é uma piada!

— Não, Albert, não é uma piada. O Júnior, pelo silêncio dele, pela dificuldade de comunicação, de interação, pode aparentar que não compreende as coisas, mas compreende e muito, e ele é muito inteligente. Não tenho a menor dúvida de que o transtorno dele é leve e que, se devidamente atendido e estimulado, evoluirá cada vez mais, podendo alcançar inúmeros avanços.

— Como eu não enxergo nada disso?

— Albert, essa é a pergunta que eu me faço e que tanto me preocupa: como tu não enxergas?

— O que queres dizer com isso?

— Quero dizer que não enxergas, pois não olhas para o teu filho; isso mesmo, o Júnior é invisível para ti; ao menos é assim que ele se sente.

— Muito bem! Agora a culpa é minha.

— Albert, talvez não se trate de culpa, mas de responsabilidade. E a responsabilidade é tua, sim.

— Perfeito. Meu filho se comunica de forma precária, não consegue se relacionar com as pessoas, corre para todos os lados, fala sozinho e a responsabilidade é minha.

— Não é disso que estou falando. Falo da responsabilidade em atenuar tudo isso, dando apoio afetivo a ele, envolvendo-se nas atividades que podem inseri-lo socialmente. Não bastam as ações da escola, que, por mais limitadas que sejam, no caso dele, ao que parece, são bem satisfatórias. O que tu relatas são características comuns em crianças que têm o mesmo transtorno do Júnior.

— Onde estão os avanços que eu não vejo, então?

— São vários. Disseste que teu filho fica falando sozinho. Realmente, ele teve um período no qual tinha amigos imaginários. Isso é muito comum em crianças com dificuldades de interação social, e, inseridas nesse *espectro*, têm esse componente como algo muito presente. Entretanto, parece-me evidente que ele já não mais tem apresentado essa situação; surpreende-me que não tenhas notado isso.

— Não notei. Minha esposa até me comentou algo nesse sentido, mas pedi para ela não me falar mais sobre esse tema, que me incomoda demais.

— Não digo que não possa incomodar, mas, em que pese isso, não pode ser algo negado por ti. O Júnior precisa do pai. Mas, vamos em frente. Nas últimas sessões, o Júnior, na imersão nas ilustrações da sua mãe, tornou-se uma criança mais calma, tranquila. No início, tinha necessidade de correr, andar para lá e para cá pela praia sugerida; temia pelo contato com a areia em seus pés, principalmente a úmida ou molhada; tinha verdadeiro pavor ao imaginar o contato com o mar. Gradativamente, foi deixando para trás cada uma dessas dificuldades. Finalmente, após o contato que ele recebeu do Caio, seu coleguinha, passou a se sentir com força suficiente para vencer todos os desafios que ele mesmo reconhecia ter. Não é por acaso que hoje ele está lá na casa do amigo, ao que me parece, pela primeira vez na vida. Não enxergaste nada disso?

— Honestamente, não. Nem tu. Tudo isso que tu referes como avanços são ficções; nada disso ocorreu na realidade.

— Albert, então, realmente, eu lamento muito. A tua cegueira acerca da vida do teu filho diz muito sobre as dificuldades que ele vem passando.

— Respeito a tua opinião, pois sei que é uma profissional, mas vou avaliar com a minha esposa se ele deve permanecer com a terapia; verdadeiramente, não vejo nenhuma evolução.

— Albert, tu que sabes...

— Retornarei com a decisão durante a próxima semana.

— Combinado. Mas apenas uma pergunta.

— Pois não.

— Quem é Augusto?

— Augusto?

— Sim, nas últimas ilustrações da Eva, ela assina o nome dela e o de Augusto também.

— Não sei, não sei o que ela queria dizer com isso.

Vejo o Albert deixar o consultório, guardo os cadernos e a toalha na sacola e aqui permaneço com um aperto no meu peito. Em alguns poucos minutos, ele retorna e me questiona:

— O que eu posso esperar dele?

— Talvez o amor. Você acha isso suficiente?

Ele dá as costas e vai embora sem nada responder.

23.

O grande dia

— Caio, teu pai está chegando. Vão ali para a frente.

— Está bem, mãe. Vamos, Júnior!

Eu e o Júnior abrimos a porta da casa e lá estava o carro do meu pai. Caminhamos em direção ao carro, Júnior segurando a sua mochila e eu com uma pequena cesta de piquenique.

— Oi, garotos!

— Oi, tio Roberto. — Respondeu o Júnior, com a voz baixa, de forma tímida, com os seus olhos direcionados para o chão.

— Oi, pai!

— Entrem. Não vamos perder tempo.

Meu pai abre a porta da frente do carro, mas eu a fecho. Prefiro ir no banco de trás com o meu amigo, pois vejo que ele ainda está um pouco quieto; claro, sei que é o jeito dele, mas quem sabe, estando ao seu lado, ele se sentirá melhor.

Meu pai liga o carro e, olhando pelo espelho retrovisor, pergunta:

— E aí, onde vamos, já pensaram?

— Pai, na verdade, queria levar o Júnior no vovô.

— No vovô! Vamos lá, então. Ele vai adorar receber vocês.

— *Yes*!

Olho sorrindo para o meu amigo, recebo um sorriso de volta, e fico pensando o quanto vai ser legal. Júnior não conheceu nenhum dos seus avós; além disso, sempre viveu na cidade, não conhecendo a zona rural.

Durante o percurso, trocamos algumas palavras, mas nada de exagerado. Júnior, aos poucos, começou a timidamente interagir conosco. Na escola, ele nunca interage com ninguém. No dia anterior pedi ao meu pai para não ligar o rádio. Sei que o Júnior, algumas vezes, se incomoda com alguns ruídos, coisas dele. Brincamos com alguns jogos no *smartphone*; ele é craque em vários deles; nunca imaginei isso. Disse que aprendeu com o seu irmão. Quando nos damos conta, já estamos chegando lá na casa do meu avô. Meu pai para o carro e descemos. Começamos a caminhar no gramado, em direção à casa, sendo que de longe já avistamos meu velho avô, com seus cabelos brancos, com o peito riscado pelos seus suspensórios de couro, como que grampeados naquela calça azul *jeans* envelhecida. Vi no rosto do Júnior um evidente fascínio pelo campo, pelas vacas que lá estavam, pelas ovelhas que caminhavam soltas pelo gramado, ao lado da casa. Iniciamos a subida dos degraus, e lá de cima meu avô começa a gritar:

— Temos visitas!

Júnior, sem entender bem aquela figura que é o meu avô, olhou para mim e começou a rir. Realmente, meu avô é muito engraçado; parece algum personagem de um filme antigo, uma comédia.

— Oi, vô!

— Oi, querido Caio, me dá um abraço.

Abraço meu avô, com a certeza de que jamais vou esquecer do calor desses braços que se espalham sobre o meu corpo. Não sei por quanto tempo ainda o terei comigo, e isso algumas vezes corrói meu coração. O movimento dele sempre representa uma acolhida pura e sincera, algo que não deixa nenhuma dúvida acerca do que é um sentimento de amor. Após me abraçar, meu avô diz:

— E esse jovem bonitão, quem é?

— Meu amigo, vovô, o Júnior, eu o trouxe para te conhecer.

— Olá, Júnior!

Após falar, meu avô começa a caminhar em direção ao Júnior e repete o ato, abraça-o com aquele calor que somente ele tem. Vejo que, no início, meu amigo parece estar um pouco assustado, mas, em poucos segundos, vejo que suas mãos começam a se erguer e envolver o grande corpanzil do meu velho avô, e juntos eles permanecem por mais alguns segundos. Sentamo-nos na varanda, como de costume, deixando a palavra com o vovô.

— Que bom receber a visita de vocês!

— Queria que tu e o Júnior se conhecessem. — Responde Caio.

— Muito bem. Então, primeiro, quero saber o nome do Júnior.

— Meu nome é Albert Júnior. — Responde meu amigo, ainda em tom fraco e com os olhos orientados para baixo.

— Albert, nome muito bonito.

— Pai, talvez tenhas conhecido o avô materno do Júnior. — Diz Roberto.

— Quem é a mãe dele?

— A Eva, filha do professor Heitor.

— Claro! Conheci muito o teu avô! Pessoa brilhante, um intelectual.

Mais uma vez, vejo o Júnior sorrindo, com uma expressão de orgulho, como se jamais tivesse ouvido alguém falar de seu avô daquela forma. Ainda timidamente, ele fala:

— Obrigado.

— Não precisa agradecer, querido. Estou falando a mais pura verdade. Teu avô era um apaixonado pelas artes, um homem que viajou muito, se não me falha a memória, um dos maiores conhecedores da obra de Pablo Picasso.

Quando meu avô termina a frase, de imediato, vejo que o Júnior arregala seus olhos, surpreso, e dos seus olhos passam a escorrer lágrimas. Fico paralisado, sem saber o que fazer. Meu pai, da mesma forma, fica sem ação. Meu avô, entretanto, se aproxima do Júnior e lhe dá mais um forte abraço, falando em seu ouvido:

— O principal, querido, é que teu avô era uma boa pessoa.

Júnior seca os olhos e, aos poucos, se tranquiliza. Em poucos minutos, meu avô começa a fazer as suas tradicionais brincadeiras, e todos, incluindo o Júnior, passam a se divertir. É um momento mágico para mim, para o Júnior e, tenho certeza, também para o meu pai e meu avô. Nunca havia trazido um amigo aqui, neste local que eu tenho para mim como muito especial. Meu avô, a cada contato comigo, se renova na esperança de mais viver e, hoje, com o Júnior, sente-se mais renovado ainda. Meu pai, ah o meu pai — o que dizer? — , basta olhar para ele.

Passadas duas horas, resolvemos que era hora de ir embora. São despedidas rápidas. Há a certeza por parte de todos de que aquele encontro deveria se repetir. Curioso, algumas vezes isso fica fácil de ser compreendido. Caminhamos juntos, os três, em direção ao carro, sobre aquele gramado irregular, que nos obriga a mancar ou cambalear, enquanto o vento nos confronta, limitando nosso andar. A cada dois ou três passos, olho para trás e vejo meu avô, em pé, assistindo a nossa caminhada. Vejo o Júnior muito incomodado com o vento, seja pelo som, seja pelo contato com o seu rosto, mas, ainda assim, vejo um Júnior diferente daquele que eu via na escola, pois parece ter encontrado um foco e uma força que, verdadeiramente, sequer consigo compreender de onde ele retirou. Meu pai coloca o braço esquerdo sobre os ombros do Júnior e o direito sobre o meu ombro e seguimos a caminhada juntos. Vejo que meu amigo experimenta um contato incomum na vida dele. Fico com uma sensação que me esboça o sentimento de ter um irmão, pois me permito dividir o afeto do meu pai, sempre tão direcionado para mim, com outra pessoa. Questiono-me se estou passando no teste, se estou me sentindo bem com tudo isso. Vejo que sim, pois não me sinto perdendo, mas apenas ganhando ao ver meu amigo abrigado, como talvez ele nunca tenha estado. Ingressamos no carro e seguimos nosso caminho.

— Meninos, e agora, para onde vamos?

Quando meu pai faz a pergunta, o Júnior me olha sorrindo, pois temos combinações prévias importantes com as quais meu pai nem sonha.

— Olha, pai, estava pensando, com o Júnior, de a gente ir para um lugar especial.

— Quanto mistério!

— Nem tanto, não é, Júnior?

Quieto, Júnior apenas sorri para mim.

— Digam onde querem ir?

Juntos, eu e o Júnior dizemos:

— P A R Q U E T O!

Num primeiro momento, meu pai parece surpreso e reage:

— Mas não estamos preparados. Onde vamos nos sentar? O que vamos comer?

— Pai, deixa conosco.

Agora meu pai parece, além de tudo, desconfiado.

— O que vocês estão aprontando?

Eu e meu amigo não aguentamos, e começamos a rir. Já estava tudo planejado, e meu pai nem sonha.

— Humm! Se é assim, vamos lá!

— Oba, oba, oba!

Começamos a nos dirigir ao Parqueto. Nem acredito nisso, que vou conseguir levar o Júnior lá. Pelo que eu entendi, conversando com ele, ele nunca foi a um parque e vai justamente a um local muito especial. Meu pai aproveita o trajeto para relatar ao Júnior algumas lembranças que ele tem de lá. Júnior fica muito atento, bem mais que o seu normal, ainda que siga falando pouco e se comunicando comigo na maioria das vezes apenas com o olhar, um olhar profundo, mas não distante, como ocorre na escola, um olhar que deixa aparecer suas vontades, suas expressões, o que ele pensa. É o jeito dele, a verdade é essa.

Chegando no Parqueto, surpreendemos meu pai com as toalhas, sim elas mesmas. Trouxemos duas toalhas, uma do Júnior e outra minha, um presente que eu ganhei do meu amigo. Meu pai fica encantado.

— Que toalhas lindas! Posso me sentar nelas com vocês?

— Claro! — Respondemos os dois, rindo muito.

Dirigimo-nos às "figueiras irmãs". Lá estendemos nossas duas toalhas e nos sentamos os três. Retiro da minha mochila lanches que a minha mãe separou para nós, tudo conforme combinado. Começamos a comer e nos divertimos muito. Júnior comeu arroz, isso mesmo, arroz! Minha mãe ficou sabendo pela tia dele que é o que ele gosta, e daí, né? Cada um come o que quer. Aliás, não deixo de dar umas garfadas no arroz do meu amigo e ofereço para ele meus biscoitos e pães. Meu pai, bem glutão, come tudo que trouxemos. Após, nos soltamos pelo parque e começamos a correr. O Júnior é muito veloz. Impressionante! Não sei como não participou das competições da escola ainda. Digo isso para ele, e meu pai também; ele agradece e fica pensativo.

Voltamos a nos sentar nas toalhas e começo a ver um Júnior mais solto, falando mais, perguntando algumas coisas diretamente ao meu pai e olhando nos olhos dele, coisa muito incomum. Estabelece-se um diálogo que eu jamais havia presenciado com o meu amigo. A sensação que eu tenho é de que ele consegue explorar o seu íntimo e colocar para fora uma série de informações que ele internamente processou e segue processando o tempo todo. Vejo-o mais leve.

Adiante, é claro, lá está aquele Júnior que eu já conheço, quieto, com alguns movimentos repetitivos, mas isso é totalmente irrelevante neste momento, não me incomoda; ao contrário, aceito isso com normalidade; não precisamos ser iguais. Ele se comunica do jeito dele, interage do jeito dele, ou seja, é o jeito dele.

Começa a chegar o meio da tarde, e meu pai pede que comecemos a arrumar as coisas. Júnior e eu guardamos nossos pratos e os restos dos alimentos na minha mochila. Após, dobramos nossas toalhas. Agora é retornar para minha casa; esse foi o combinado, para ficarmos lá um pouco mais com a mãe. O pai do Júnior ficou de buscá-lo bem mais tarde, ao anoitecer. Foi um passeio e tanto. Nós três estamos muito felizes. Vejo que o Júnior, ao entrar no carro e durante o trajeto até minha casa, volta a ficar muito pensativo. Sigo conversando normalmente com meu pai. Não mudamos nossa forma de agir; não há motivo para mudanças. De tempo em tempo, vejo que meu amigo deixa a sua reflexão interior e olha para mim ou mesmo para o meu pai, pelo espelho, e esboça algumas reações de concordância, sorriso ou mesmo surpresa, em face das coisas que estamos falando.

Chegamos em casa, e lá no jardim está minha mãe nos aguardando. Com ela, entretanto, vejo que há mais alguém, uma amiga dela. Descemos do carro e o meu pai também desce. Ele nos abraça, nos beija no rosto e diz:

— Vamos marcar mais um passeio desses, combinado?

— S I M! — Respondemos conjuntamente, eu e o meu amigo.

Meu pai se aproxima da porta junto conosco, cumprimenta minha mãe e sua amiga, e volta para o carro, seguindo seu caminho.

— Olá, meninos! Entrem!

Respondemos:

— Oi, mãe!

— Oi, tia Cíntia!

Entramos em casa notadamente cansados e suados, e nos sentamos no sofá da sala de estar. A sensação era de um dia perfeito, de um passeio incrível. Tenho certeza que digo isso por mim e também pelo Júnior. Poucas vezes o percebi tão bem. Impressionante como ele me transmite carinho e muito mais. Sim, agora é definitivo, ganhei um amigo. Passados alguns minutos, minha mãe se aproxima trazendo copos com água e diz:

— Deixa eu apresentar para vocês uma amiga. Essa é a tia Helena, uma amiga de infância.

— Oi, Meninos! — Diz Helena.

— Oi! — Respondemos, conjuntamente, o Júnior e eu.

— A Helena, acreditem vocês ou não, foi minha colega de aula na escola.

— Que legal, mãe!

— Mas, não é só isso. Ela era amiga da Eva. Isso mesmo, da tua mãe, Júnior.

Vejo que, ao ouvir a fala da minha mãe, o Júnior volta seus olhos para a amiga da minha mãe, como eu nunca o vi fazer com alguém. E ela retorna o olhar para ele de forma nitidamente emocionada.

— Sim, eu era a melhor amiga da tua mãe, Júnior.

Quando ela termina de falar, o silêncio toma conta do ambiente. Fico sem palavras, pois desconheço essa história de vida, muito embora saiba que meu amigo não tem a mãe. Minha mãe também se mantém quieta. Júnior segue apenas olhando para ela. Ela segue falando:

— Eu conheci a tua mãe ainda quando éramos adolescentes. Muitas vezes fui à casa dela. Conheci o teu avô, o seu Heitor, que me tratava como filha.

O silêncio permanece.

— Algumas vezes, pensei em te procurar, Júnior, para te conhecer, conversar, mas nunca consegui. Talvez tenha sido uma falha minha não conseguir criar uma boa relação com o teu pai e me aproximar.

Meu amigo, ainda sem falar, segue olhando para ela, mas o movimento de sua cabeça, para cima e para baixo, expressa exatamente que entende o que ela está falando. Imagino que isso tudo não seja fácil para o Júnior; temo, inclusive, que essa conversa possa não estar fazendo bem para ele. Olho para a minha mãe e tento chamar a atenção dela sobre isso, momento em que ela intercede.

— O importante, Júnior, é que agora sabes que podes contar com a Helena, uma pessoa que era muito amiga da tua mãe e que tem muito carinho por ti.

— Exatamente isso. — Pontua Helena.

Olho para o Júnior e identifico nele uma movimentação incomum; foge daquela aparente passividade que muitas vezes o caracteriza, mas, ao mesmo tempo, não migra para as condutas repetitivas, recorrentes, que em muito se reduziram nos últimos tempos; é um Júnior diferente. Ergue os ombros, cruza seus olhos com os meus e, adiante, com os da minha mãe, por fim alcançando o rosto da amiga dela. Fico observando cada um desses atos como se fossem movimentos lentos, mais lentos que a realidade que se impõe, talvez pelo significado que isso tem. Sim, uma sensação de que a vida segue uma velocidade média, resultado de velocidades distintas em momentos distintos, que se implementam de uma forma para alguns, e para outros de formas totalmente diferentes. E quando ele mira na tia Helena, com a voz baixa, mas em tom assertivo, diz:

— Quero saber mais sobre a minha mãe.

24. Voltando ao passado

Em meio a tudo isso, não deixo de pegar meu carro e ir à praia. É tudo muito perto, muito perto mesmo. Lá, eu deixo meu carro em frente à casa, vou até a areia, sento-me em algumas toalhas velhas, mas especiais, as minhas toalhas, e fico olhando para o mar, recebendo a brisa em meus cabelos, momentos de pura reflexão. E sequer preciso do espelho; o mar supre o seu papel. Aqui eu tenho o espelho d'água; penso, repenso, dou risadas, choro e falo. De tempo em tempo, caminho, para lá e para cá, esfrego os meus pés na areia, como que querendo me enraizar naquele local que genuinamente me agrada, me traz paz. E, de forma muito clara, me convenço do quanto a simplicidade pode trazer o sabor do mais complexo. Sigo passeando naquele mundo, que se torna mais silencioso ainda a partir do meu pensamento, e meus pés, a cada passo dado, encontram novidades, sejam os buracos deixados pela natureza, sejam os deixados pelo homem.

Nesses buracos, permaneço, algumas vezes somente pelo gosto de me sentir presa a algo diferente, por mais que seja uma profundidade mínima, da qual eu sei que posso me livrar a qualquer momento. Não faz mal, eu valorizo como se fosse o passo mais importante da minha vida; tudo é uma questão de como gostamos de encarar as coisas. Saio do buraco e, de imediato, olho para o mar; ganhei altura e, com ela, uma nova paisagem. Sigo em direção ao mar, e agora meus pés se molham, aos poucos, afundam na areia molhada, depois sofrem o choque da onda da beira, minhas pernas recebem os respingos, o frio inicial da água se choca com o calor do meu corpo, momento de despertar para o agora. Sim, por mais que se pense sobre qualquer coisa, tudo termina, em algum instante, no agora. O que importa é que aqui e agora tenho um momento meu, aqui eu sou muito eu, somente eu. Em verdade, agora, eu e Augusto.

E Albert? Está no seu computador, no seu mundo, aquele que é somente dele, e que não é meu. Talvez seja um sinal de que eu, em algum momento, vá partir para o meu mundo.

Pego o meu carro e me conduzo ao espaço que ainda é meu, onde eu consigo pensar; isso mesmo, pensar; algumas vezes é somente isso o que quero e preciso. O caminho é longo, mas prazeroso. Durante o percurso, minha cabeça, a partir da identificação do presente, mergulha no passado, um passado que me construiu e me constrói, e me prospecta para um futuro que é uma incógnita, não somente para mim, mas para todos. Assim como não tenho medo de olhar para trás e enfrentar o que passou, muito embora isso me traga dor, também não me acovardo em identificar um árido presente, uma vida na qual me vejo, não raras vezes, com um deserto de sentimentos ao meu lado, que me desidrata de forma muito rápida, impondo a necessidade de uma permanente busca de soluções, difíceis soluções.

Ao alcançar o litoral, pouco antes de chegar à casa que o meu pai me deixou, abro todas as janelas do carro, o que me propicia aspirar os primeiros sinais de que o mar está ali, bem próximo, e, com ele, os mistérios e a beleza que ele oferece. A cada quadra que passa, esses sinais se tornam mais salientes, assinalando que o caminho está chegando ao fim. Quando chego lá, estaciono o carro, desço, abro a porta e entro na velha casa, lá me encontrando com um cheiro que é só dela. Para alguns, mero odor; para mim, um perfume. Um perfume cuja fragrância se chama lembrança, lembrança de uma história de vida, de vida afetiva, feliz ou não, pouco importa; talvez algumas vezes feliz e outras não, a vida é assim. Quando olho para a poltrona, os sofás, os corredores, os quartos, a cozinha, ou seja, quando eu simplesmente olho, enxergo um mundo que, a partir desse olhar, é somente meu. Todos temos os nossos mundos, a partir dos nossos olhares; apenas temos que enxergá-los e, para isso, alguma sensibilidade temos que aguçar em nossos corações.

Talvez essa seja a questão que traz os meus maiores dilemas. Luto contra aquilo que me trouxe dor, mas, ao mesmo tempo, luto contra algo em que eu acredito. Luto contra o amor que eu recebi do meu pai, luto contra a sensibilidade que ele exalou e luto contra a sensibilidade que me forjou naquilo que sou hoje. Luto contra uma culpa que ele não teve e luto contra uma culpa que eu não quero ter. Luto para ser quem sou, mas luto contra um eu que eu sou.

Rapidamente, pois o dia passa rápido e logo adiante terei que retornar, coloco em uma sacola minhas toalhas, meus cadernos, meu estojo e me dirijo para a areia da praia, que está ali, logo à frente, a poucos metros do final do jardim da casa. Quando me aproximo da entrada propiciada por um intervalo existente entre os altos cômoros de areia branca, retiro minhas sandálias e as seguro com a mão esquerda. A cada passo, com os meus pés na areia fofa, já quente pelo efeito do sol, me aproximo do mar, cada vez ficando mais proeminente o som das enigmáticas ondas.

Coloco as toalhas no chão, sobre a areia, a uma distância que é, ao mesmo tempo, suficiente para compreender que o mar à frente e os cômoros atrás sinalizam um ambiente perfeito, que me faz, com um simples giro de 90 graus, entender que diferenças são fundamentais para vislumbrar realidades, complexidades, entender o mundo conforme o real tamanho que ele possui. O vento tempera isso tudo, seja pelo componente íntimo de transição que ele oferece, seja pelo fato de que, em parte, é ele que garante as mudanças permanentes e necessárias neste espaço tão amplo e, ao mesmo tempo, tão particular, que inclui a areia e o mar.

Hoje me preparo para um desenho especial; quero desenhar o todo, o todo dos meus sentimentos. Quero incluir o mais remoto cômoro, que se encontra na recepção de quem chega aqui, bem como na despedida de quem se vai; quero descrever a areia, aqui onde repousam as toalhas que o meu pai me deu; quero mostrar que havia vento, que havia mudanças; deve estar presente a areia molhada, que já precipita a compreensão do que é o mar, a vida marinha, seja pelas conchas, seja pelas pequenas tatuíras que lá estão, de tempo em tempo, no vai e vem da maré; por fim, é claro, devem estar presentes as ondas, as mutantes ondas, as brilhantes ondas, as insinuantes ondas, elas que demonstram a força da natureza, que têm a capacidade de ser exemplo para todos nós. Quero desenhar com o Augusto, pois é por ele que hoje eu consigo ter este olhar; este será um desenho nosso.

E se é nosso, Augusto, acredito que temos que conversar. Já não está fácil ficar sentada no chão; já estás quase chegando, minha barriga está enorme. É, meu filho, mais um pouco, estaremos juntos de outra forma, mas ainda juntos. E a cada dia que passar, por mais que eu me esforce, terás menos proteção. Entretanto, também a cada dia, estarás mais forte e preparado para o que vier pela frente. Viver é isso, é assim. Pretendo te mostrar, no momento certo, ou, ao menos, naquele que eu julgar o melhor, alguns caminhos que possam te levar à felicidade, a felicidade possível. Por certo, te indicarei alguns que eu já trilhei e tentarei te afastar de outros dos quais me arrependo de ter ingressado. Verás que na maioria das vezes nos deparamos na vida com decisões difíceis e que, não raras vezes, as tomamos sem nenhuma margem de certeza, valendo muito da nossa intuição e, principalmente, da nossa sensibilidade. Mas, destaco que, mesmo dessa forma, não há garantia de nada. Não esperes isso, sob pena de te frustrares logo adiante. A realidade é que a gente passa a vida toda se preparando para a vida. Qual vida? Não sei bem como responder essa pergunta. Meu filho, verás que para conseguir lidar com o universo da realidade há um preço muito alto, que inclui o manejo das nossas origens, dos nossos sentimentos e, muitas vezes, a administração das nossas condutas, essencialmente em razão de escolhas que somos obrigados a fazer. Terás que ter coragem, mas, antes, terás que ter força. E vais ter força. Podes ter certeza disso. Confia na tua mãe e conta sempre com ela, como for possível, da forma que a vida viabilizar isso.

Neste desenho, que estamos fazendo juntos, há um resumo de um refúgio que me manteve Eva, isso mesmo, me manteve o que eu sou, ainda que não tenha resolvido a permanente necessidade de lutar contra isso. Talvez isso fique um pouco confuso para ti; aliás, deverá ficar; afinal, para mim é ainda muito confuso. Agora, não te esqueças de que ser confuso não é o maior problema, desde que tenhas condições de desafiar a insegurança que decorre disso, bem como fazer dela motivo de reflexões para a busca do que for melhor para ti. Pior seria uma obviedade que não te leva a lugar algum, que não provoca a necessidade de busca de soluções. Nosso desenho está pronto e assinado. Pensa nisso, meu filho amado.

Deixar este local sempre me entristece; não me deprime, apenas me entristece. É como se eu me afastasse, ainda que eu saiba ser apenas por algum tempo, daquilo que é a minha essência, ao menos daquilo que eu julgo ser. Há um luto que decorre das lutas aqui travadas, lutas que não têm vencedores, pois o duelo é particular, individual, o que talvez justifique a necessidade de um espelho, um espelho tal como o que estampa uma das toalhas que ganhei do meu querido pai, na qual está presente o quadro *Garota em Frente ao Espelho,* de Picasso. Um espelho que me concede a coragem de me enxergar não como eu sou vista, até mesmo por mim mesma, mas como eu me sinto. O luto me faz recordar o dia em que, junto com meu pai, caminhava por uma exposição da Tate Modern, em Londres, e permaneci alguns minutos parada à frente do quadro *Mulher Chorando*, de Picasso, enquanto ele me relatava que aos seus olhos aquela imagem representava dor, insegurança, o desconhecido e, até mesmo, a morte. Tenho a impressão de que não me chamo Dora em razão deste quadro e da visão que o meu querido pai tinha dele.

Hora de ir embora, mas, antes disso, me permito correr, simplesmente correr. Quando corro, levo comigo quem eu sou e como me sinto; eu me permito isso, me autorizo a ser eu na minha totalidade; neste momento, estamos de mãos dadas, imperfeitas, mas uma puxando a outra, em busca de uma liberdade que uma mulher somente tem se tiver consciência do que ela é, de como ela vive e do que é ser livre. Ainda estou tentando aprender tudo isso. Olho para a outra toalha que ganhei do meu pai e consigo imaginar a satisfação que ele teria, se aqui estivesse, ao saber que ela alcançou a função que ele idealizou; afinal, *Duas Mulheres Correndo na Praia* (*A Corrida*), de Picasso, simboliza muito dessas minhas reflexões, Espero que com a chegada do Augusto eu consiga implementar de forma mais efetiva isso, mas, acima de tudo, explicar para ele tudo isso. É algo que eu sei que, provavelmente, ele também terá dificuldades para compreender, em especial a partir da visão, das posturas e do modo de agir de seu pai. Sim, pai, eu sei como é importante o papel de um pai na vida de um filho. Resta-me, agora, aprender como a mãe faz isso, pois é um déficit que sei ter. E começo isso a partir desta conversa com o meu Augusto e com os desenhos que acabamos de fazer.

Entro no carro e parto em direção à minha realidade, ainda que, talvez, não seja da minha verdade. Saio sem olhar para trás; não me faz bem essa fotografia da casa e da praia se distanciando; mantenho na memória o afeto que lá está depositado, meu combustível para o que vem pela frente. O destino tem sido sempre o mesmo. Sei o que me espera, sei quem me espera e sei como é quem me espera, não me iludo. Entretanto, optei por esse pacto, por imaginar que um rumo diverso daquele que vivi na minha infância e na minha adolescência seria o melhor. Se errei ou se acertei, confesso que ainda não sei, mas, se algo é certo, é a sensação que hoje tenho de que eu possa ter que rever isso mais adiante; se não for por mim, será pelo meu filho.

Já quase chegando no nosso prédio, começo a sentir forte dor de cabeça, minha visão começa a ficar prejudicada, sinto-me tonta. Paro o carro na primeira vaga que encontro na avenida. Respiro um pouco, fecho os olhos, mas, ainda assim, não me sinto melhor. Começo a sentir um desconforto na minha nuca, a ver estrelinhas, fico nervosa; algo está acontecendo comigo. Ligo para o Albert, mas ele não atende; deve estar em alguma reunião. Tento contato com Helena, e ela atende o telefone, dizendo que está vindo de táxi para me buscar. Alguns minutos depois, vejo Helena chegar. Estou mais tonta, com mais dificuldades de visão e me sinto mais fraca. Helena assume a condução do carro e me leva ao hospital.

25. Do meu jeito

Ao ouvir meu amigo Júnior dizer que deseja saber mais sobre a mãe dele, tia Helena não hesita em atendê-lo. O que parece é que ela sempre teve essa intenção; apenas não encontrou o momento adequado, ou, ainda, temia pela reação do pai de Júnior. Entretanto, agora ouviu algo que soa como um pedido da parte do meu amigo, e ela recebe como obrigação sua, para com ele e para com a amiga falecida.

— Júnior, vamos passear, então? — Questiona Helena.

— Vamos, mas meu amigo poder ir junto?

— Claro! Vamos os três.

Saímos de casa, caminhando pelo jardim, em direção ao carro dela. Ao nos aproximarmos, abro a porta do carona e digo para o Júnior:

— Senta aqui.

Júnior me olha com desconfiança, quiçá medo. Nunca sentou no banco da frente de um carro, mas ele sabe que chegou a hora; ele está pronto para isso e muito mais. Ingressa no carro, coloca o cinto de segurança e olha para a tia Helena como que dizendo: "em frente". Ela dá a partida e começa a relatar para ele quando conheceu a tia Eva, como ela era. Júnior permanece a maior parte do tempo quieto, mas muito atento. Em alguns minutos, ela para em frente a uma casa e diz:

— Era aqui que a Eva morava com o teu avô.

É uma casa antiga, grande e bonita, com um belo jardim à frente e, ao que parece, tem novos moradores. Júnior observa a casa e, demonstrando interesse, pergunta:

— Meu avô morava aqui quando morreu?

— Sim, e ele faleceu em casa, por um problema cardíaco; já era bem velhinho. E a tua mãe levou quase todas as coisas dele para a casa da praia; claro, aquelas que ela achava serem lembranças importantes; o resto ela doou.

Júnior segue atento, em momento algum transparecendo alguma alienação; apenas está quieto, interagindo menos do que estava quando do nosso passeio à tarde. Perguntado se ele queria descer, Júnior disse que não. Então, a tia Helena seguiu dirigindo o carro, em linha reta, afastando-se mais ainda do bairro onde fica minha casa. Em determinado momento, vejo que o Júnior começa a balançar o corpo, para frente e para trás, levemente, tal como faz costumeiramente na escola. Em alguns minutos, tia Helena para o carro em frente a um grande prédio.

— Júnior, aqui que a tua mãe morava com o teu pai, no oitavo andar, um apartamento de fundos.

— Posso descer?

— Claro! Eu te acompanho. — Diz a tia Helena.

Eles descem do carro e eu me mantenho nele. Ambos param de frente para o prédio, de costas para mim, e ela começa a falar com o Júnior. Daqui eu não consigo ouvir o que ela está dizendo, mas vejo que meu amigo segue interessado em ouvi-la. Ele pega a mão direita dela com a sua mão esquerda e aproxima seu corpo ao dela, um tipo de contato pouco comum para ele. Em alguns minutos, retornam ao carro e, ao entrarem, ela diz:

— Caio, pronto para uma pequena viagem?

— Como assim? — Questiono.

— Não é exatamente uma viagem, mas precisaremos de algo próximo de uma hora, ou seja, dá tempo de ir e voltar ainda antes de anoitecer.

— Onde vamos? — Pergunto.

— Verás. — Ela responde.

Partimos. A direção é o litoral. No percurso ela conta várias histórias da vida dela em comum com a mãe do Júnior, desde as peculiaridades do avô do meu amigo, que, confirmando o que o meu avô havia dito, era uma pessoa especial. Conta, também, como era a relação dele com a mãe do Júnior, pelo que entendi uma linda relação de pai e filha, muito unidos. E, depois, fala da relação de amizade dela com a mãe do Júnior depois de casada, parecendo-me que ela não tinha uma boa relação com o tio Albert. Durante esse percurso, Júnior nada pergunta; apenas ouve. Já ao final do trajeto, ele demonstra certa inquietação, mas já estamos chegando.

— Aí está a casa de praia que era da tua família! Vamos descer.

Descemos e nos deparamos com uma casa térrea, grande, num centro de terreno, com muitas árvores no entorno. Ao que parece, uma casa que não vem sendo usada, com aspecto de abandono, castigada pelo forte vento que vem do mar, que está logo à frente.

— Faz tempo que eu não vinha aqui. — Refere a tia Helena.

— Desde quando? — Pergunta o Júnior.

Vejo que a tia Helena, por alguns segundos, trava sua voz, como se tivesse dificuldade de responder a pergunta. Mas ela sabe que não existe espaço para vacilos neste momento, e responde:

— Júnior, querido, desde o dia que eu vim aqui buscar as coisas da tua mãe.

Olho para o Júnior e o vejo chorar. As lágrimas escorrem pelo seu rosto. Ele tenta secá-las com as suas mãos, mas, assim que passa a mão no rosto, se vê incomodado com as mãos molhadas, demonstrando um desconforto muito grande e, até mesmo, algum descontrole decorrente disso. A tia Helena, ao constatar o que está ocorrendo, puxa um lenço e vagarosamente passa sobre o rosto dele, fazendo com que ele se acalme, e isso acontece; ele a abraça. Caminhamos até a praia, lentamente, e ficamos olhando alguns minutos para o mar, todos em silêncio. As ondas estão enormes, em grupos, várias séries, seguramente em razão da velocidade do vento. Vejo certo fascínio no olhar de Júnior. Ele olha para nós e diz:

— Tenho a sensação de que já estive aqui.

Desta vez, vejo que é a tia Helena que não consegue esconder sua emoção. Eu me emociono também. Ainda que não tenha conhecimento claro acerca do que se deu no passado na vida do meu amigo, vivo essa realidade como se fosse minha, pois agora, em parte, também é.

— Posso correr? — Pergunta Júnior.

— Claro! — Responde a tia Helena.

— Vamos, Caio? — Questiona Júnior.

— Sim. — Respondo.

— Então, fazemos do meu jeito. — Afirma Júnior.

Meu amigo olha para mim e me oferece a sua mão, alcanço a minha a ele, e saímos caminhando; em alguns minutos nos vemos correndo de mãos dadas, primeiro para um lado, depois para o outro. O vento, num primeiro momento, nos empurra para trás, criando uma resistência que parece mais dura para mim do que para o Júnior; sim, exatamente isso, ele conquistou em sua vida uma resiliência que talvez eu nunca consiga conquistar. Para ele, tudo parece ser muito difícil, mas, ao mesmo tempo, ele tem a coragem de enfrentamento que muitos não possuem. Quando viramos para o outro lado, a corrente de ar serve de impulso para o nosso retorno, momento de relaxamento, de recompensa, momento de sentir-se com uma sensação de liberdade e, ao mesmo tempo, de força, que eu ainda não havia sentido.

Voltamo-nos para o mar, agora parados, um ao lado do outro. Vejo que o Júnior não pensa em entrar na água. Observamos, então, mais uma vez, o movimento das ondas, movimentos que sempre são diferentes, novos e surpreendentes. Frequências distintas, que fazem surgir individualidades, de modo que cada uma possa desenvolver-se de forma única. Olho para o meu amigo, que, naquele instante, sequer se dá conta do meu movimento, e penso comigo: não há nada de errado nisso. Ao contrário, quanta riqueza que traz essa diversidade toda! Quanto aprendizado, crescimento! Coloco o meu braço direito por detrás dos ombros dele. Num primeiro momento, vejo que ele estranha, mas, logo após, recebo um olhar de canto de olhos, que me passa um sentimento de afeto que é próprio dele e que eu já consigo reconhecer. Menos de um minuto após, ele se retira para o lado e meu braço cai. Foi pouco tempo, mas o suficiente.

Hora de ir embora; temos que retornar. Deixamos a areia da praia e voltamos à casa apenas para ingressar no carro. Sinto a tia Helena abalada, instável, como quem ainda tem algo para nos dizer. Tenho a impressão de que me olha algumas vezes pelo espelho retrovisor. Claro, pode ser coisa da minha cabeça, da minha imaginação. Ela dirige o carro de uma forma muito lenta, como quem não quer sair do lugar onde estamos, no pequeno balneário. Novamente, vejo, pelo mesmo espelho retrovisor, uma pessoa agoniada; é isso que demonstra a testa franzida, com trincas que se perpetuam, e com os sons de uma respiração que dá conta de uma angústia que me deixa sem entender bem o que está acontecendo, mas que me gera até mesmo um pouco de medo. Júnior, ao lado dela, permanece quieto, pensativo, sem nenhuma interação. Vejo que o caminho que estamos fazendo não é idêntico ao que fizemos quando da vinda, que estamos até mesmo nos afastando mais do nosso destino final. Agora sou eu que olho para a tia Helena pelo espelho retrovisor e sinalizo que preciso de uma resposta para o que está acontecendo. Inicialmente, ela desconsidera meus sinais; seu rosto está suado, lustroso, mas, de forma até contraditória, irradiando um brilho sem luz, que insinua penumbra e até mesmo dor.

Em determinado momento, ela para e estaciona o carro, desligando o motor. Novamente, fixa seus olhos nos meus e nada fala. Após, direciona seu olhar para a direita, onde está o Júnior. Segue sem nada dizer. Estamos dentro de um carro, parados, num local que não conhecemos, em silêncio. Ela, por alguns instantes, dá a impressão de estar presa, de não ter mais movimentos, ou mesmo de não ter força para se movimentar. Júnior permanece quieto, sem esboçar qualquer reação, e eu, inquieto, mas tentando intimamente entender o que está ocorrendo.

— Vamos descer. — Diz a tia Helena.

Sem nada falarmos, descemos os três do carro. Ela dá a mão direita para o Júnior, segurando sua mão esquerda; com a mão esquerda, segura minha mão direita. Começamos a caminhar num campo de grama baixa, vendo, ao fundo, uma luz alaranjada, pujante, dando os sinais do pôr do sol. Seguimos nossa caminhada e, aos poucos, de tempo em tempo, surgem nomes, datas, algumas frases. Desviamos respeitosamente desses que não são obstáculos, mas, apenas, caminhos, caminhos a seguir, caminhos que estão nos levando ao local onde a tia Helena quer chegar. Ela segue sem nada falar. A cada passada, ela firma os seus pés com mais força ao chão e de forma mais rápida; é como se estivesse numa marcha, numa missão. Seguimos ao lado dela, imitando seus passos, iluminados pelo resto da luz do dia e recebendo a brisa do local. Quando paramos, lá está escrito: "Eva, tens a força daquela que foi a mais amada"; ao lado, a data de nascimento dela e, após um hífen, a data de seu falecimento, que coincide com a data de nascimento do Júnior.